猫侦探
遗失的藏宝图

[俄罗斯] 卡佳·玛图什吉娜／著
陈玉增　邢淑华／译

江苏凤凰科学技术出版社
·南京·

图书在版编目（CIP）数据

猫侦探. 遗失的藏宝图 / (俄罗斯) 卡佳·玛图什吉娜著；陈玉增, 邢淑华译. — 南京：江苏凤凰科学技术出版社, 2021.6

ISBN 978-7-5713-1850-5

Ⅰ.①猫… Ⅱ.①卡… ②陈… ③邢… Ⅲ.①儿童故事 - 俄罗斯 - 现代 Ⅳ.①I512.85

中国版本图书馆CIP数据核字(2021)第058806号

猫侦探 遗失的藏宝图

著　　者	[俄罗斯]卡佳·玛图什吉娜
译　　者	陈玉增　邢淑华
责任编辑	葛　昀
责任校对	仲　敏
责任监制	方　晨
出版发行	江苏凤凰科学技术出版社
出版社地址	南京市湖南路1号A楼，邮编：210009
出版社网址	http://www.pspress.cn
印　　刷	北京博海升彩色印刷有限公司
开　　本	880 mm × 1230 mm　1/32
印　　张	6
字　　数	60 000
版　　次	2021年6月第1版
印　　次	2021年6月第1次印刷
标准书号	ISBN 978-7-5713-1850-5
定　　价	34.80元

乌拉！伟大的事业在等待着我们！
猫侦探达芬奇，天才
和其他母鸡相比，
我是最优秀的！！
母鸡苦大哈，记者
青蛙蝾蛇，
猫侦探的朋友
这是怎么回事呀？
我的影子呢？？？
我给自己建立了纪念碑，
那上面长的既不是南瓜，
也不是杏！
小老鼠皮包奇卡，
哎呀，
这又是
谁呀？
搞不清楚
这只青蛙是
怎么回事
我们就这样
微笑！
兔子沃尔克雕像！
嚏噗！
嗯！
你们这里太险峻了！！
椋鸟真尼，歌手
猫头鹰乌古哈，作家
蟒蛇！！

我散步时没打哈欠，
什么也没发现！
小老鼠庞克，猫侦探的助手
我怕贼仔！！
老鼠贼仔，坏蛋
刺猬阿加西，猫侦探的朋友
你好，刺猬！
你去哪里呀？
松鼠布拉卡，猫侦探的助手
我这是去哪里——不知道。
一切都能立刻忘掉！！！
小老鼠球怡，
猫侦探的助手
我是另外一本书里的动物！
苍蝇（100%）
乌龟萨维，猫侦探的朋友
黄鼠史木茨，店主
我在这里踩出脚印来！！
小老鼠布布沙，猫侦探的助手
谁要买吊带？

达芬奇卷宗
探索者

母鸡真理报

最震惊的快讯

读者们请注意！读者们请注意！本报独家的震惊新闻！

天才猫侦探达芬奇从月亮落到我们城市后，立刻找到了藏宝图，并和朋友们分享了这一幸福和喜悦。当然，动物城的诚实居民马上开始了寻宝行动！现在已经为此付出了代价。

出发寻找珍宝的《母鸡真理报》记者雏鸡布罗依列尔不幸失踪。找到布罗依列尔的读者，本报将奖励其在《母鸡真理报》免费刊登广告或者个人声明一个星期！

胜利纪念足球衫

《南瓜回声》电台同时举办竞赛活动。第一个找到珍宝并且拿到播音室的参赛者将获得一件纪念足球衫，此纪念足球衫上将印有胜利队的照片和队标。

布罗依列尔——具有战斗精神的勇敢记者

某位啮齿动物贼仔给报社打电话，说他不能看到藏宝图，因为他接触不到猫侦探，问我们他该怎么办！

贼仔想要通过我们报纸转达对猫侦探的恫吓和威胁，同时要寄给他一口袋炸药。我们编辑部没有邮递包裹业务，所以建议贼仔使用信鸽。

贼仔的洞穴
哈哈哈！

抓他吗？
他要突然下口咬怎么办？
唧唧，哧哒哧哒！
右侧有一个小洞眼
小洋萝卜长得很多很密！！！

目 录

第一章　阴谋诡计…… 13
第二章　真正天才的早晨…… 19
第三章　我们需要珍宝…… 29
第四章　灌木丛中设埋伏…… 37
第五章　刺猬！不要招惹贼仔！…… 46
第六章　石头信件…… 55
第七章　劫持穆拉扎福卡…… 64
第八章　谁可以当间谍？…… 79
第九章　秘密任务…… 89
第十章　穆拉扎福卡，我们救你！…… 97
第十一章　我是你的姐妹！……103
第十二章　极其可怕的丑八怪……109
第十三章　美女杜丽雅！家鼠杜丽雅！……115

第十四章　单枪匹马的家鼠杜丽雅……119
第十五章　午夜飞行的老鼠！……124
第十六章　贼仔的变化无常……131
第十七章　天才猫侦探的天才猜想……138
第十八章　贼仔归来！……150
第十九章　蟒蛇之谜……164
第二十章　贼仔对一切都难辞其责……177
侦探技能……190

都看见了吧？
我能金鸡独立！
啊哈！

第一章
阴谋诡计

踏遍林间采蘑菇，
奔走呼叫力全无！

风在呼啸。云朵在天上飘动，时而遮住月亮，时而又积聚在一起，使周围变得一片昏暗，什么也看不见。但是刺猬阿加西还在顽强地寻找蘑菇。

“蘑菇——菇——菇！”他愉快地呼喊着。

但是，没有回答。

“都藏起来了。”阿加西很伤心。

不久前，在追捕危险的犯罪分子贼仔时，阿加西失去了记忆，现在正在逐渐恢复，但是还没有找回全部记忆。

今天早晨阿加西睡醒后，想起应该采蘑菇了，所以就匆忙跑进森林里。他走进密林深处，一直转悠到天黑，可惜毫无收获。他彻底失望后，想到该回家了。就在这时，他突然听到不远处传来震耳欲聋的声响。

循着声响看去，在盘根错节的大树后面隐藏着一个破旧的农舍，农舍的小窗里透出一丝昏暗的光亮。

阿加西出于好奇走到了小窗跟前，他看见屋子里有几个动物，其中两个背对着他，第三个站在树墩上，正在挥舞着拳头，声嘶力竭地“吱吱”尖叫。阿加西惊讶得全身针刺都竖起来了：第三个不是别的动物，正是那个凶恶的坏蛋——老鼠贼仔。

“我们要第一个找到藏匿的珍宝！”他尖叫，“为此，我想出了一个抓捕猫侦探和那几个讨厌警鼠的计谋！我们要向他们团队派一个卧底，让他和猫侦探交朋友，探听出猫侦探的重要机密，引诱猫侦探落入我们的圈套，我们就地抓住他！”

动物们发出令人极其厌恶的哈哈大笑声。

“我要尽快去告诉猫侦探，有个正准备对他下手的**阴谋诡计**！”阿加西想。他匆忙离开窗户，撞到树枝上，发出很大的“噼啪”断裂声。

“谁在偷听？快去抓他！”贼仔喊道。

阿加西自己都不知道是怎么跑到城里来的。天放亮了，他还在跑啊跑，心中只有一个想法：“一定要把这一切都尽快告诉猫侦探！”

阿加西转过一座房子的拐角时，绊了一跤，摔了个倒栽葱，又撞到一扇敞开的门上，他身上的针刺牢牢地扎进门板里，就像被钉在门上一样动弹不得。

从门里“呼啦”一声涌出一群黄色的雏鸡，他们用翅膀夹着刚出版的报纸，跑到街上到处分发。但是，阿加西没看到这些，关门的“轰隆”声吸引了他的注意。随着“咔嚓”

阴谋诡计：指暗地里策划的害人的坏主意。

鸡窝出版社
《母鸡真理报》
母鸡真理报
母鸡真理报
母鸡真理报
母鸡真理报

一下东西碎裂的响声，一块牌匾砸到这个可怜虫的头上，牌匾上写着：

鸡窝出版社《母鸡真理报》

阿加西头上遭受到这一打击后，脑子一下子糊涂了，两眼直冒金星，跌倒在雏鸡踩过的小地毯上。

“我在这里干什么呀？”阿加西想，呸了一口，“不是打算去森林里采蘑菇吗？”

而此刻，天才猫侦探正躺在自己的床上安静地睡大觉呢，完全没有想到贼仔的鬼把戏。

猫侦探达芬奇的天才家庭作业！

让我们一起画被钉住的刺猬！

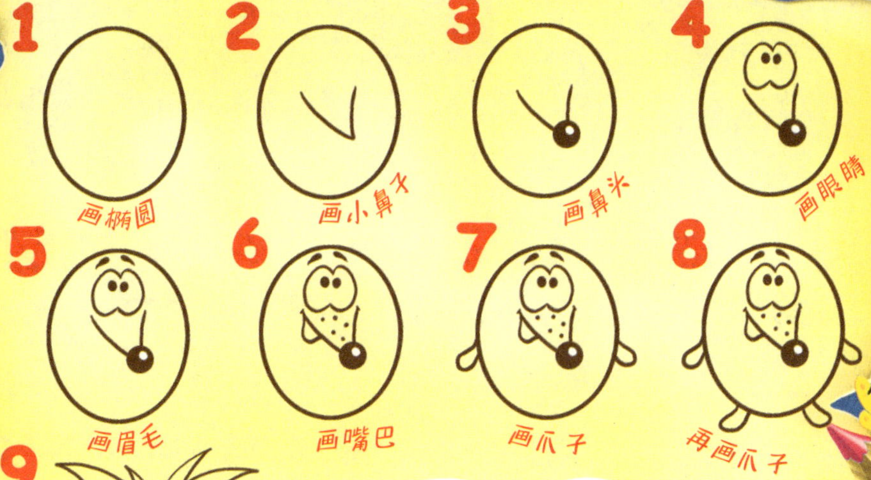

自己画一下刺猬！

喵——
喵——
喵！
就是这样一个可怕的梦！！
H_2SO_4
O_2
H_2O
HNO_3
$CaCl$
$C_{10}H_{22}O_{11}$
$A=F_s\cos a$
$NaCl$
$v=\sqrt{2gh}$
H_2O
母鸡真理报

第二章
真正天才的早晨

不落酒缸和陷阱，
不落泥潭和荨麻丛。
奶缸，水缸和糖果罐，
老鼠们不落任何中。
否则一切不可能，
只因有位救命星。
全心全意保护神，
天才侦探是精英！

猫侦探做了一个梦，在梦里他蹬着爪子大声喊叫。他梦见凶恶的贼仔把名画《蟒蛇的微笑》从博物馆里拖走，而且还放肆地在惊讶的群众面前撕咬这幅画。天才猫侦探绝不允许任何动物用这样的态度对待著名的艺术作品，他大喊着扑向坏蛋。可是，贼仔满不在乎，他把画框全都嚼碎了，已经

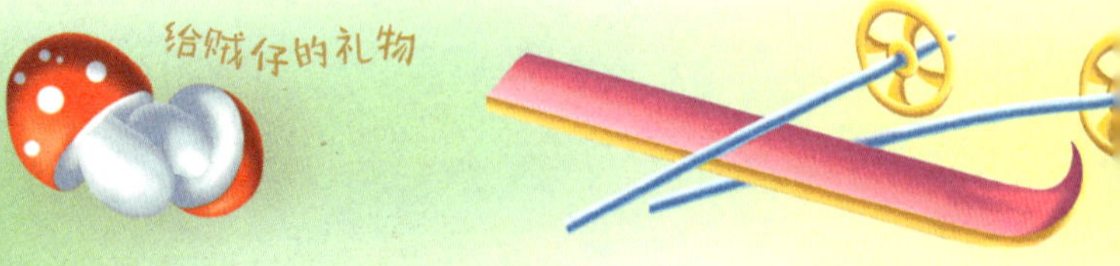

要咬到最珍贵的地方——画家签名了。猫侦探咆哮着抓住坏蛋，用牙齿咬住坏蛋的尾巴……这时他醒了。

他躺了几秒钟，眼睛一直盯着天花板，然后，抽了一下鼻子，掀开一点被子，发现身边既没有贼仔，也没有名画，一切都静悄悄的。这一周多猫侦探都待在阁楼上，创作毫无头绪。他和亲爱的老鼠朋友们的合照挂在墙上，朋友们的来信还没有拆封，甚至奖品、纪念品礼盒和气球都原封未动。不过，还是有东西发生了一点变化。贼仔撕咬名画的声音并没有随着梦境一起散去，而且猫侦探感到声音更响了。

猫侦探转过头，被意外来客惊得战栗了一下。松鼠

布拉卡正坐在窗前嗑核桃。

“嗨！”猫侦探惊讶地喊了一声，布拉卡闻声从坐的地方跳起来。“我正在睡觉，还做着天才梦呢，你这个松鼠来这里干什么呀？”

“我一直等着你睡醒呢！”

“等很久了吗？”

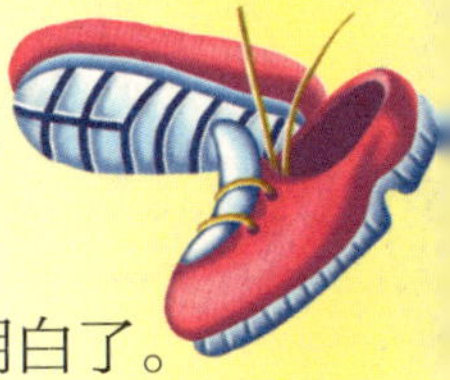

“等了两个小时零八分钟！我有记录。”布拉卡拿出半个核桃皮，那上面果然有划过的记号。

“啊……”猫侦探做了一个表情，说明一切都明白了。他又把脸转到墙那边，想把刚才的梦做完。

“那我就坐在这儿等着你！我等着倾听真正的传奇故事！”布拉卡对猫侦探喊道，“你前天亲口说你有藏匿珍宝的地图，我们能找到珍宝，所以我来了！同时还带来一

一下跳到松树上，
羽毛轻松绕树转。
我用蘑菇编花环，
我用核桃串项链。

松鼠一生就这样转啊转，
毛茸茸的尾巴真好看。
自我欣赏不和谁交往，
遇到猫侦探无悔心欢畅。

现在美妙无比——
我是猫侦探的助理！

羽毛 松树 项链 圈圈 尾巴 相遇

堆找珍宝要用的工具：放大镜、脚蹼和一口袋纽扣……”

早晨的阳光透过阁楼的窗户洒在达芬奇身上，金光灿灿的皮毛使他显得更加英俊潇洒。他从床上跳起来——珍宝！怎么能忘了呢？当然不能！今天他——天才的猫侦探达芬奇要和几只警鼠一起出发去寻找珍宝，为此他已经在老鼠们的家里住了一周多了。

他和老鼠们产生了真诚无私的友谊，他保护老鼠们，照顾他们，鼓励他们，老鼠们为此欣喜若狂。

“我决定把自己的其他事情都暂时往后推一推，来当你的助手！”布拉卡声明，“没有我你们干不好这件事！我一直梦想找到珍宝！”

“助手多并不会影响我的工作！”猫侦探高兴地说着，同时揉搓着爪子。“事实上我已经有三个警鼠助手，既然你也想当助手，那就是第四位警鼠吧。”

松鼠**狡黠**地笑了一下，咬着牙说：“噢，不，我是超级松鼠，是超级猫侦探的超级助手！”

“英明！我相信，等待我们的是震撼的开端和丰硕的成果！”达芬奇高兴地喊着，“我不得不推迟飞回月球的时间。我不能在你们既没有珍宝，又没有天才领导的情况下离开你们。”

狡黠（xiá）：狡猾。

“是的，我们没有你将一事无成！”

布拉卡深受感动，想把一口袋纽扣送给猫侦探，这时从屋里传出很大的响声，还有嘈杂的声音，一只老鼠尖声尖气地拼命喊叫：“我不允许！”

“那边出事了！”猫侦探从楼梯往下跑，松鼠紧跟其后。

房门被敲得不停地颤动，老鼠家的房子在颤抖，玻璃“哗啦”响，天花板上的灯泡像发狂的苍蝇一样在纤细的电线下

转圈。被吓坏的老鼠们在房间里到处乱跑。不过真正乱跑的只有布布沙，皮克藏到桌子底下，球恰则不停地看向窗户。

“达芬奇！”球恰对着他喊，“太好了，你醒了！可能是我们的叔叔贼仔回来了！我害怕！”

“谁都休想恐吓我的老鼠们！让他先说清楚和我们的关系！”猫侦探跳到门前，决然地打开房门。

黄鼠史木茨和歌手椋鸟真尼拥进来了，他们在门槛上绊了一跤，跌倒在一起。这时猫头鹰乌古哈也出现在门口，她一点儿都不尴尬地从史木茨身上跨过去，踩着真尼跳到地板上。

“哎呀，朋友们！”猫侦探欢迎他们，“都快进来，我虽然着急外出，但是，为了你们总能挤出一两分钟时间！”

“皮克，快爬出来！”布布沙说，“不是贼仔！”

“看吧，唱歌唱出了什么结果，爪子都磨破了……”真尼抱怨说。

“就两分钟啊？”乌古哈不满地表示，完全不友好地递给猫侦探一盒糖果，“顺便说一下，我有正经事！”

“我也有正经事！”史木茨一边摆脱真尼，一边声音嘶哑地说道，“我们有两盒糖果。”

猫侦探把糖果交给老鼠们，握了一下猫头鹰的翅膀。

“如果有事，那我们就必须要搞清楚！”

“不小心把明星撞倒，这也太不浪漫了！”真尼抱怨道，还想赖着不起来。他刚要插话说亲自买了一盒糖果，这时球

恰表示要扶他站起来。真尼非常高兴能得到同情，故作**弱不禁风**的样子，强撑起来，可是又跌倒了。猫侦探抓住了他的尾巴，真尼这才用纤细的爪子支撑着站起来。

“您请坐，请！”球恰指着凳子尖声说道。

这时布拉卡催促来客们说：“快点报告你们都有什么事吧。猫侦探今天没有多少时间，我们正准备去寻找藏匿的珍宝呢！”

史木茨和真尼对视一眼，乌古哈推了一下史木茨的腰：“我对你说过的吧！”

动物们推推搡搡地都坐到老鼠们的小板凳上。猫侦探灵巧地从桌子上跳过去，坐到自己的软椅上。球恰打开糖果盒，一下子放到嘴里五块糖果。

“我们和你一起去！”乌古哈用翅膀敲了一下桌子，直

弱不禁风：形容身体娇弱，连风吹都经受不起。

接说道，“我需要钱！我写好了关于你的新书，现在我要想办法出版！另外，插图还没有画好！我决定由你来画。”

史木茨把耳朵堵上，不想让乌古哈打断他，枯燥乏味地嘟囔道：“我需要珍宝去加工吊带，要加工两大箱才行！我需要珍宝……”

乌古哈抓住史木茨的爪子说：“别那么贪得无厌，你加工一口袋就够了！”

“什么一口袋两口袋的，有什么用？我还没有演唱会用的钢琴呢！达芬奇要先给我找一架钢琴，然后再去找你们的珍宝，爱找多少找多少！”真尼插嘴说。

“可是达芬奇不能一下子做那么多事呀！”布拉卡窘迫地说道。

“可以的！”大家喊道。

猫侦探刚要发表热情洋溢、富有表现力的讲话，又响起了敲门声。

动物们交换了一下眼神。乌古哈一只眼睛抽动了一下。

“这是贼仔！我有预感！”球恰尖声说道，随后就用爪子把脸捂上了。

猫侦探还没来得及说话，房门就慢慢地打开了……

12
母鸡真理报

第三章
我们需要珍宝

动物个个乐开花，
珍宝无数任你挖！

房门徐徐打开，动物们惊得目瞪口呆，一只优雅的花猫站在门口。她雪白的爪子上戴着同样雪白的手套，非常耀眼。皮毛在阳光下闪闪发光，碧绿色的眼睛里饱含忧伤。

“这是什么情况呀？”乌古哈吧嗒着嘴说，“我们自己的事就够多的了，又出来个毫不相干的家伙！”

真尼把自己坐的小凳子往猫侦探跟前挪了挪，骄傲地扭过身。

“请进，请进！”布拉卡忙说，“就是要注意，猫侦探没多少时间！”

花猫向前走了两步就停下了，环视了一下小房间和坐在桌子周围的动物们。

乌古哈的嘴神经质地“啪啪”响，史木茨眨着眼睛，老鼠们坐立不安地乱动，他们的尾巴还不停地发出窸窸窣窣的响声。

“请问，那位大名鼎鼎的天才猫侦探达芬奇是住在这里吗？”花猫直接看着达芬奇问道。

“在这里！”猫侦探跳起来，咳嗽了一声，用超低嗓音回答说，“我就是猫侦探达芬奇。”

猫侦探抓起一个凳子，在屋里转了一圈，“砰”的一声放到了来客旁边：“请坐，神秘的无名女客！说说吧，需要我们去解决什么问题？我和我这些忠诚的朋友会帮助所有光临**寒舍**的访客。”

“特别是贼仔！”乌古哈讽刺道。

“要不是贼仔跑掉了，我们也会帮助他。”球恰尖声尖气地说，“他就可能变成好贼仔了！”

“我叫穆拉扎福卡。”花猫坐到凳子上说，“我来你们这里是寻求帮助的。”

“我看就没有必要自我介绍了，这样已经很明显了，穆拉扎福卡！”乌古哈又插话说，“从哪里弄来的这套穿戴呀？费挺大劲儿才穿进去的吧！”

可是花猫甚至都没转过身来看她一眼，继续**心无旁骛**地讲述自己的故事：“我有一个卖报纸的小商亭，生意还算不错，可是昨天我听到一个坏消息……你们都读过《母鸡真理报》吗？”

“当然！记者苦大哈是我的朋友。她经常报道我的事！”猫侦探自豪地回答道。

寒舍：谦辞，对别人称呼自己的家。

心无旁骛（wù）：形容心思集中，专心致志。

“是这样，不久前报纸扩张了，苦大哈组建了鸡窝出版社，她自任社长，但是唯一的一个记者在被派去执行秘密任务时失踪了，听说是在寻找珍宝。”

“他们没通知我们就自己去寻找珍宝了？”乌古哈用嘴戳着桌子大声喊叫起来。

“是的，现在我很害怕。这个记者失踪了，报纸可能要停办，那我的小商亭也要关闭了！那我就一点儿钱也没有了，我会饿死的。”穆拉扎福卡用一只爪子擦着脸上的泪水。

“嗯，这事我们不能**坐视不管**！”猫侦探保证道，接着又问：“藏宝图在哪里？”

“在桌子的抽屉里！”老鼠们告诉他。

猫侦探冲到桌子跟前，史木茨趁这个空档赶紧提出建议：“如果你有小商亭，可以卖我的吊带，我给你最优折扣。”

“我才不要卖什么吊带！”穆拉扎福卡气冲冲地拍着爪子，“我只卖精品！”

猫侦探从抽屉里拿出皱皱巴巴的折成四折的一张纸，展开来看。

这张藏宝图看起来很陈旧，由于放得时间太久而变成黄色，而且还有一股发霉的味道，签字已经辨认不清了，

坐视不管：形容一个人对与自己有关联的事物不管不顾，袖手旁观，任由别人去处理。

藏匿珍宝的地图！
坏地方（贼仔的窝）
一条普通的小河
一座危险的
小桥
就是这里藏着什么东西！
沼泽地
寻宝的崎岖艰难之路

路从这里开始
真正天才的路
茂密可怕的密林
孤零零的山崖
为真正天才开辟的艰难
逾越之路

最重要的是，指明藏匿地点的小红十字上沾满了油污。

“真是太不像话了！文件应该保存在罐子里！”乌古哈气愤地说，同时用翅膀把图纸盖上，怕被穆拉扎福卡看见，“我已经读过了。”

“放在罐子里，是要放在罐子里！”猫侦探耸了耸肩膀说，“最重要的是我们要找到珍宝！穆拉扎福卡需要买一个很大的店铺，史木茨需要建吊带工厂，真尼要组建管弦乐队，乌古哈需要出版社，老鼠们需要旋转木马，而布拉卡要开香菇咖啡店。”

“那你干什么呀？”布布沙问道。

“哦，我的计划可多了去了！比如，制造一个月球飞行器。老鼠们，把罐子拿过来！”

老鼠们拿过来一个玻璃罐子，猫侦探严肃认真地把藏宝图放进罐子里。

“好了，朋友们，出发吧！我们去寻找珍宝和失踪的记者！”猫侦探自信地宣布，“但是，我们首先要分分工，搞清楚每一位的责任。”

“我什么事也不想做！”乌古哈激动地说，“我是作家！”

“那当然，你的书会畅销的，”猫侦探点头说，“所以我们交给你一个责任心最强的工作：你给我们开车！除你以外，谁都不能胜任这项复杂的工作！”

“好吧，如果谁都不能胜任的话，我愿意！”乌古哈抬起头，骄傲地展开了翅膀，“我这就去把车开过来，我们马上就出发。”

“你去吧！我们还需要仔细策划一下。”猫侦探又把图纸拿出来，铺在动物们面前。

“太有意思了！”老鼠们“吱吱”地叫着，“这里我们看不明白。可是你，达芬奇，都明白吗？”

“嗯哼！我是天才猫侦探，是从月亮上下来的，那里可是天才云集的地方啊！我看着这张图，感觉好像有点……顺便说一下，可能就是感觉而已。”

虽然现场这几个动物里没有一个是记者，但半个小时后《母鸡真理报》还是刊登出了重大新闻。

母鸡真理报

快讯

所有的，所有的，所有的读者！不懒惰的和懒惰的都一样！

猫侦探达芬奇已经出发去寻找珍宝了。他感觉到了什么，也许是看到了什么。不过根据专家们的推测，这是笔巨大的财富！参与进来吧，现在还不晚，免得以后羡慕妒忌，只剩下啃骨头。

誉满鸡界的著名母鸡
苦大哈

我带来了一束小花！
我爸爸是雄鹰，妈妈是鸵鸟，我是麻雀！
怎么样了，企鹅，能跳过去吗？图纸在哪里？

第四章
灌木丛中设埋伏

猫头鹰坐在窗台，
顶个南瓜大脑袋。
头是南瓜两倍大，
见怪不怪称奇才。

天才猫侦探正在准备考察时，老鼠家窗外的灌木丛里传出了争吵声。

“别把头伸出去！他们会看见我们的！”一个令人讨厌的声音小声说道。

“我怎么能不往外伸呀，我的脑袋这么大！”另外一个声音粗鲁地回答。

“你爱怎么样就怎么样吧，反正藏起来就行！要目不转睛地盯着房子，他们马上就要出来了！”

这时又有第三个很细的声音参与进来：“我根本不

用躲藏！我甚至可以在他们鼻子底下飞，也不会有谁注意到我！”

这时，路上出现了一辆红色的小汽车。乌古哈高傲地转动着方向盘，汽车灵巧地沿着水沟边缘行驶，稍不注意就能从桥上掉下去，最后停在灌木丛旁边，把达芬奇发明的自动浇水壶从花坛上撞了下去。乌古哈自鸣得意，骄傲地开始按汽车喇叭。

嘀——嘀！汽车笛声大作。

三个藏在灌木丛里的家伙吓得一下子跳起来，是贼仔和他的两个愚蠢又危险的同伙——狗熊傻东和麻雀奇力克。被吓破胆的狗熊，差点儿跳出灌木丛。

“看我的喇叭多厉害！”乌古哈满意地说，“把灌木都给震得跳起来了！”

老鼠家的房门打开了，以猫侦探为首的动物们都跑了出来。猫侦探拿着装图纸的罐子，用爪子像敲鼓似的敲打着。

“你好，乌古哈！离我们考察开始只剩几分钟时间了！”猫侦探宣布。

“来不及了！来不及了！”老鼠们一边喊着，一边开始围绕汽车跑。

穆拉扎福卡最后一个出来，懒洋洋地伸了伸腰，站到灌木旁边，好像看到了那里发生的事。

麻雀奇力克想把这件事告诉贼仔，但是狗熊用他的大熊掌把奇力克按住了，压得奇力克已经不是“吱吱”喊，而是低声地“嘶嘶”叫了。

穆拉扎福卡看了一眼乌古哈，然后开始整理手套，她装作什么也没看见。

“哎，怎么样了，确定了没有？在我们这项重要工作中每一位都负责什么呀？”乌古哈饶有兴趣地问，“还是像以前那样都落到我头上？”

“以前什么时候都落到你头上了？”布拉卡反驳道。她从屋里拖出几包必需的东西，开始往汽车里扔。

“看吧，这就是都落到我身上！我这里不需要你们这些包裹！”

布拉卡拍掉爪子上的灰尘，呸了一声说：“这些都是猫侦探达芬奇的包裹！”

“哦！”乌古哈扬起一边眉毛，急忙说，“我说呢，多么可爱的包包啊，快都放进来，我特别喜欢运载这些漂亮的包包！”

贼仔在灌木丛里气得直咬牙，同时把进到嘴里的一些树叶往外吐：“他们都站在那里干什么呢，猫侦探怎么不来这边？都是这个该死的猫头鹰搅乱了我的计划！得想办法让她从车里出来，哪怕就一会儿也行！”

“我们难道有计划吗？”傻东要问个究竟。

“我已经和你说了不下一千次了！当猫侦探经过灌木丛时，我就大声哼哼，他就会转身，这时奇力克就飞出去，抢走他拿着的图纸，你再神不知鬼不觉地把假图纸塞给他，这个假图纸会直接诱导猫侦探和他的助手们落入我们的爪心里！”

奇力克还在熊掌下嘶哑地叫着，可是谁也没听见。这只麻雀个头儿太小，估计再也找不到比他更小的了。为了让自己表现得更气派一些，他戴了一副大眼镜，还粘了一个假嘴，但是动物们对此只觉得滑稽可笑。

猫侦探把爪子伸进罐子里，打算拿出图纸。这时母鸡苦大哈跑到汽车跟前说：“我和你们一起去！我要找布罗依列尔，我也有需要珍宝的理由！”

“又来啦！”乌古哈皱起眉头，侧身看了看倒车镜，“我们这里动物够多了，这已经不是什么考察队了，而是动物群！”

“不，不！媒体对我们有用！”猫侦探反对说，“我们带你一起去！”

苦大哈急忙在自己的记事本上记录着什么，还故意把尾

巴转过去对着乌古哈。

猫侦探拿出图纸，在汽车里展开。

“哎呀，这条路一点儿都不对啊！”布拉卡喊道，“可不可以直接穿过森林？这样会快一倍！”

猫侦探紧锁眉头查看图纸。道路标的都是虚线，蜿蜒曲折，像一只从旋转木马上摔下来的兔子画的。

“我认为绘图者是故意把路线画成这样的，一定有什么特别的含义！我们只要沿着图上每个点考察就能揭开秘密。当我们到达藏宝地的时候，就全清楚了！”猫侦探用一只爪子点着那个红色的十字说。

在他说这些话的时候，灌木丛莫名其妙地抖动着。贼仔神经质地转圈寻找奇力克，最后一边破口大骂，一边把麻雀从熊掌下面拉出来。被压扁了的麻雀带着游移不定的眼神抖动着羽毛，嘟囔了一句：“我准备好了！”然后就跌了个两爪朝天。

“哎，飞呀！”贼仔“吱吱”叫着，一边把奇力克从灌木丛中推出去，一边大声哼哼起来。

“别哼哼了，够了！”乌古哈扑向苦大哈，“就算带上你，也不意味着我们大家都愿意听你哼哼啊！”

苦大哈顾不上回答她，一门心思在记事本上继续写着。

乌古哈甚至一点也没察觉到，奇力克正在汽车附近来回转悠。奇力克最后停在猫侦探面前仰起头，自言自语地说：“不，这太高了，我飞不上去！”然后就回去了。

当他就要钻进灌木丛时，乌古哈再也忍不住了，打开车门跳到外面，对苦大哈大发雷霆。车门重重地撞到麻雀身上，麻雀被撞得像球一样飞到水沟里。傻东吓得一把抓住乌古哈的尾巴，随即又立刻缩回了爪子。

“别总抓住我不放！”乌古哈大吼，敲了无辜的苦大哈脑袋一下。一份新出版的报纸从苦大哈的包里掉了出来。

奇力克在水沟里扑腾个不停。贼仔抱着自己的头，郁

母鸡真理报

快讯！

我们大家一起去救布罗依列尔！

母鸡苦大哈在猫侦探达芬奇的带领下，亲自出发寻宝，并且要把自己的那份送给帮她找到机智勇敢的记者布罗依列尔的朋友！

本报同时设立一场赞助考察队的比拼，谁给的钱多，谁就是胜者！

给大家一个免费的建议，如果你想表示感谢，可以把钱给我：不要贪心！这对谁都不好！

母鸡苦大哈

闷地看着他，说：“我恨死猫头鹰了！现在谁能把图纸抢过来呀？”

可是一切都晚了。猫侦探把图纸重新放回罐子里，愉快地说：“是这样，我作为最天才的猫侦探，决定任命自己为天才考察队的头头。你们都同意吗？”

“同意！”大家一起喊道。

“现在我发布第一号战斗命令！老鼠们，检查一下屋里的电源是否都已切断，窗户是否都已锁好。母鸡，请清点考察队的队员，把他们的名字都登记到你的记事本里。松鼠，你仔细检查一下我们随身携带的东西，看看够不够我们使用。一切都要考虑好，统计周全并计算准确。我可不是随便从月亮上掉下来的一个超级天才猫侦探！其他的动物也要有所作为，不然大家都会认为你是懒虫。”

猫侦探把罐子放到汽车里。

“看吧，”乌古哈嘟囔着，“又是让我操心的事！”然后她开始假装清理车里的灰尘，她嫌罐子碍事，就顺手把它挪到地上去了。

这时贼仔决定采取一次冒险行动：他从隐蔽处跳出来，迅速从罐子里拿出图纸，同时把假图纸放进去，然后马上回到灌木丛里。他这个动作完成得如此神速，干净利落，以至于动物们谁都没发现图纸已经被调包了。

“哈，终于干完了！”他喘了口气，把图纸塞给狗熊，“给你，拿好了，我现在到奇力克那里，把他从水沟里捞出来，然后我们就溜之大吉。”

狗熊拿着图纸，在爪子里翻来翻去，一会儿左、一会儿右地看个没完，好像能看明白什么似的。

乌古哈用抹布把已经擦得很亮的汽车又擦了一遍，然后从地上捡起罐子放回了车里。

苦大哈很快就把寻宝者名单递给了猫

罐子由苍蝇保管，
但罐子不保管苍蝇。

寻宝队成员名单

1. 猫侦探达芬奇（超级侦探，天才）。
2. 老鼠皮克（完全没受过教育的老鼠）。
3. 老鼠球恰（完全没受过教育的老鼠）。
4. 老鼠布布沙（小贪吃仔）。
5. 松鼠布拉卡（讨厌的缠人精）。
6. 椋鸟真尼（自命不凡的歌手）。
7. 黄鼠史木茨（吝啬鬼）。
8. 猫头鹰乌古哈（不过是一只鸟儿）。
9. 花猫穆拉扎福卡（值得怀疑的一位）。
10. 母鸡苦大哈（超级母鸡，好样的，英雄雌鸟儿）。

侦探，名单上附有每位的照片。

终于一切都准备好了。汽车里装载了一堆需要的和不需要的东西。老鼠们吹鼓了气球，达芬奇随身携带着真正的音乐喇叭。松鼠作为猫侦探的第一超级助手，被委任拿着挖宝时要用的铁锹。

“他们终于走了！”贼仔松了一口气，从水沟里把哆哆嗦嗦地吐着东西的奇力克拽出来。奇力克瘸着腿，用翅膀托着没了镜片的眼镜——镜片可能是被打飞出去了。贼仔得意地哈哈大笑，但是他高兴得太早了。

第五章
刺猬！不要招惹贼仔！

刺猬不需要任何珍宝，
蘑菇就是他的最佳奖赏！

刺猬阿加西在去老鼠家的路上奔跑着，有节奏地倒腾着他那四条小粗腿。他的鼻子在阳光下闪闪发光，脑子里如同塞满了一筐蘑菇，早把夜里发生的离奇故事忘得一干二净。

“嘿！”他跑到汽车前，喊着，“你们看见蘑菇了吗？”

动物们兴高采烈地欢呼起来，问候这位老朋友。猫侦探吹起了喇叭，老鼠们都提议：“跟我们一起走吧！”

可阿加西只是摇头。

“首先我得采蘑菇！”他固执地回答。

“那你让开！”乌古哈挥动了一下翅膀说，“你没看见我要开车过去吗？”

“让我往哪里躲啊？这周围都是灌木丛！”阿加西看了一眼车轮四周，惊讶地说。

“那就躲进灌木丛里去呗！去那里找你的蘑菇，有多少采多少！”

阿加西欣然同意，一下子钻进茂密的灌木丛里，给乌古哈的汽车让出了路。

“乌拉！”寻宝者们高声喊叫，唱着快乐的歌曲跟在红色小汽车的后面，去迎接惊奇曲折的冒险。前进！向神秘的珍宝藏匿地进军！

寻宝者之歌

前进，前进，莫停留，
须知贼仔可能在后头！
一点消息都不能走漏，
我们在寻宝路上行走。

敌人不远在身边，
他可绝对不简单。
爪子高高举过头，
夹起尾巴莫朝天！

规矩很简单，
前进，不停留，
千万别陷入无谓争斗，
即使猫侦探和你在一起，
也要自己动脑想问题。
（如果你有脑袋的话）

我们认识一位英雄，
他决定加入战斗，
我们要切记别冲动，
敌人的行动要弄清。

前进，前进，脚步不停，
须知贼仔可能在后头！
一点消息都不能走漏，
我们在寻宝路上行走。

椋鸟真尼！
某年某月六日，咕咕

动物们还没来得及转过弯去，阿加西已经在灌木丛里和贼仔及他的助手们碰面了。阿加西甜蜜地微笑着，友好地嗅了嗅他们三位，而他们一声问候都没有，嘴里不干不净，骂骂咧咧地环顾着四周。

“哎，朋友们，这里有蘑菇吗？”阿加西问，同时他以对待朋友的方式竖起针刺与贼仔打招呼。

贼仔怒上心头，差点儿喘不上气来：“朋友？难道你不知道我们是什么来头吗？”

“知道，你们是采蘑菇的呀！”阿加西天真地回答，紧接着皱起眉头，脑袋里翻滚出一段记忆。“采蘑菇……”他重复着，突然大喊起来，“啊，你们不是什么采蘑菇的！

你们是一帮坏蛋！我听见了，你们夜里计划要跟达芬奇对着干，我要去告诉他！”

阿加西蜷缩成一团，从他的针刺里掉落出很多紫色的灰尘，他从灌木丛里连滚带爬地出来，扎了狗熊一下，和麻雀擦身而过。

“抓住他！”贼仔尖声大叫，用爪子捂着鼻子跳过了那团灰尘。

阿加西绕过灌木丛，撞到了旁边的一个什么东西上。原来是乌龟莎娃，他和以往一样姗姗来迟，现在才爬到老鼠家门前，他也想参加猫侦探的寻宝团队。莎娃正要往森林方向爬，这时阿加西撞到他身上，他便立刻缩回到龟壳里去了。

贼仔像一头真正的雄狮那样，脚踏树枝和灌木丛，怒吼着跳到路上。不过当他看见乌龟后，又立刻大骂着返回躲藏地，途中遇到狗熊，贼仔朝他脑门上打了一巴掌，怕他把头伸出去。

“嗯，没什么。”贼仔把牙齿咬得嘎吱作响，“不管怎么说，我想办的事都办到了！我不愧是家养动物中最野蛮的一个！”他一边说，一边在地上拍打自己打着结儿的尾巴。

阿加西没跟莎娃打招呼就逃之夭夭了。因为，如果被贼仔追上，估计这个可怜虫的针刺一根也剩不下。

“哎，傻东和奇力克，走吧！我们还有事情要做！”贼仔声音嘶哑地说，“傻东，藏宝图在哪里？”

“我不知道，”傻东环视着四周说，“刚才还在这里呀。”

“图纸可能扎在刺猬的针刺上了吧。”奇力克猜测道。

“都是笨蛋！我们怎么知道刺猬现在跑哪里去了？！”贼仔大喊。

傻东挠着耳背说：“让奇力克飞得高一些，在高处，一切尽收眼底。”

“可别让我干这事儿！”奇力克在熊掌里连蹬带踹，可是狗熊还是毫不客气地把他从灌木丛里抛了出去。

“啪嗒”一声，麻雀掉到地上。

“怎么样，看见刺猬了吗？”傻东从灌木丛里探出头问。

“没有……”奇力克站起来小声说。可是，当他看见狗熊想要出来再抛他一次时，马上改口说：“看见了！看见了！他，这个……在猫头鹰的汽车里……好像……”

“又是猫头鹰，给我追！”贼仔大声吼叫，他这些话的

回音响彻动物城上空。

这时候，猫侦探和他的朋友们正愉快地跟在猫头鹰的汽车后面奔跑，准备迎接既危险又有趣的冒险。

母鸡真理报

萨维抗议声明

请大家阅读全文，谁不读，谁就不明白！

原来我们所熟悉的乌龟叫萨维，不是莎娃，不是萨薇、莎武，也不是莎瓦依和莎沃耶！他无论如何也不听劝说，一定要他怎么说你就怎么写。

我们报纸为此正式道歉并提出以下要求，那些有奇特名字的读者，请提早通知编辑部，告知名字的正确写法，以免一年以后出现尴尬场面。

还有，我想怎么写就怎么写！

母鸡苦大哈

我们来画不听劝说的萨维

每一位天才都应该具备以下本领
会喵喵叫
会像苍蝇一样飞
会隐身
会倒立
会像石头一样坠落
会发咕嘟咕嘟的响声
会像鱼儿一样游水
会像陀螺一样旋转
会用爪子奔跑

第六章　石头信件

朋友们，这会儿听我来建议，
不要指望弹跳力，
还有耐力摩擦力。
命运不佳竟如此，
力气大，没智力。

“停车，停！靠边休息！”猫侦探喊着，扑通一声坐在路边的草地上。“寻宝路上最重要的是该休息就休息！”

的确如此，动物们已经疲惫不堪，太阳已经落到地平线上，大家还没停下休息过一次。他们已经路过了很多树林、灌木丛和树桩，甚至还有一个沼泽地。在那里，猫侦探还英勇地救下穆拉扎福卡，使她脱离泥潭，现在应该吃点东西补充体力了。

大家都很喜欢猫侦探躺在草地上的样子，所以他们自己也躺下去，并且互相扔花儿嬉戏。就连乌古哈也在林边草地上蹦蹦跳跳，用干树枝扎史木茨。只有穆拉扎福卡抱着爪子在旁边观察这个欢乐的集体，好像很担心有谁会破坏他们的欢乐气氛。

嬉闹够了以后，猫侦探检查了一下汽车里装着藏宝图的罐子，动物们则都坐到河岸边，铺开漂亮的桌布，在上面摆上装有食品的盘子。他们刚要开始用餐，突然有一团紫色的东西从树上掉到他们的“桌子”上。紫色的东西恶狠狠地把餐具乱扔一通，吼叫着有关刺猬的什么事，然后冲上汽车。

“这是贼仔！”乌古哈踩着史木茨的夹肉面包，尖声叫道，“他要偷我的礼帽！”

大家都从地上跳了起来，而球恰却躲到桌布下面去了。

“哈——哈——哈！”贼仔得逞地大笑，汽车轰鸣着在路上疾驰而去。

“他带走了藏宝图！”猫侦探喊道，“快追！”

动物们在车后面追赶。布拉卡激动地跑到了汽车前面，一下子冲进灌木丛里不见了。

第一次驾驶汽车的贼仔手忙脚乱。他以前看见过怎样开车，可那只是在电视上看的。现在他疯狂地转动着方向盘，一会儿往右，一会儿往左，不知道为什么汽车东倒西歪，画着奇特的S形前进。

贼仔感觉汽车速度越来越快，似乎马上就要腾空而起，他吓得发出刺耳的尖叫，同时也把刺猬的事忘得一干二净。

“停下，坏蛋！我们会抓住你的！”从车后面传来喊叫声。

汽车发疯似的冲进灌木丛里，在里面绕了几圈，又回到路上。动物们看见汽车马上就要向他们碾压过来，吓得尖叫起来。乌古哈慌乱地挥动翅膀，可是没能飞起来。贼仔使劲转动方向盘，想避免碰撞，可是汽车还是撞到路边的一块灰色石头上。车门撞开了，把乌古哈甩到水沟里。贼仔也从驾驶座上弹出来，从猫侦探身边飞过，“扑通”一声摔倒在史木茨面前。

他们相互对视了几秒钟后，尖叫着向两边跑开了。

史木茨艰难地喘着气，用力抓住猫侦探，直接挂在他身上：“他在追我！他想吃了我！”

“放开我！”猫侦探喊着，同时紧盯着跑远了的贼仔。

也就是一秒钟的工夫，那个坏蛋贼仔就从视线中消失了。

“看你干的好事！”猫侦探终于把史木茨从身上抖落下去，“都是因为你，我没能阻止住那个坏蛋……”

乌古哈从水沟里爬出来，她的一只翅膀不自然地耷拉下来。

“乌古哈！你脱臼了！”布拉卡大声哭喊着，从灌木丛里跳出来。“快，我来帮帮你吧，我知道脱臼怎么复位！”

“我的汽车呀！整个车身都撞得瘪瘪塌塌、坑坑洼洼的了！”乌古哈抱怨着，完全没注意自己的翅膀。

布拉卡开始给她治疗，很快，乌古哈的翅膀就缠上了漂亮的绷带。

动物们围在汽车周围，车子看上去非常恐怖，前后灯都碎了，保险杠脱落了，车盖被压得像手风琴的风箱似的。

猫侦探爬到汽车里，爪子在座位底下摸索。

“藏宝图还在，贼仔没来得及拿走。”猫侦探拿出罐子说道，“不过，从现在开始我们大家要加倍小心，贼仔是不会让我们消停的！”

“我的汽车！我现在怎么开车呀？”乌古哈不停地抱怨，痛苦地呻吟着。

猫侦探拍拍她那只健康的翅膀说：“别难过，乌古哈，我们会把车修好的。我不仅是个天才，还是天才的发明家！”

汽车碰到石头上发出可怕的“咣当”声，车身在撞弯的车轮上左右摇摆着后退。

动物们围在一起惊讶地审视着一块怪石。石头上用神秘文字写着一封信。

“贼仔简直是疯了！他不仅差点儿把汽车偷走，还在石头上留下这样难以理解的信！”布拉卡踹了石头一下说道。

乌古哈疑虑重重地大喊：“这不是信，而是十足的胡说八道！可是贼仔怎么来得及写这些东西？他当时就消失在森林里不见了！”

“他可能提前就写好了！”布拉卡坚持道。

“不可能！这不是他的笔迹！”皮克突然加入进来说，“这是我们达芬奇的笔迹！”

大家都看着达芬奇，而达芬奇则看着石头。

“我不记得我在岩石上作过画。另外，贼仔很狡猾，他能轻而易举地模仿别人的笔迹呀！”

“这上面写的是什么呀？”穆拉扎福卡问道，“我什么都没看明白！”

猫侦探以一种不可思议的方式破解了这几行字，大家都对此惊叹不已。

“就在琼枝玉树头，要为东家找入口。”达芬奇读道，“这是特殊的语言，月球上的天才们都使用这种语言，真弄不明白贼仔是怎么写出来的。不过我觉得，他正在筹划新的阴谋！喂，老鼠们，拿一张纸把所有的事情都记下来。”

几分钟之后，动物们收集了一堆证据，这些都能证明贼仔在策划阴险的行动。

目前还没有答案的问题：

1. 为什么贼仔要偷汽车，而不直接偷走藏宝图？

2. 为什么他要把车撞到写了字的石头上，而不是其他什么东西上？

3. 怎么才能抓到贼仔，他还会干哪些坏事？

4. 为什么史木茨没向贼仔推销吊带？

猫侦探正在理清所发生的一切事情，苦大哈迅速给石头拍了照片，然后，用一只翅膀写了如下声明贴到树上。

“我有点不明白，我们是在寻宝还是玩填字游戏？读者们正在翘首期盼我的巨著问世呢！”

布罗依列尔失踪！

红白相间的鸡冠，迷彩装束。性格好斗，脾气暴躁，一个真正的小不点。（个头儿不重要，因为他还在成长过程中。）

寻找珍宝！

找到的珍宝请给苦大哈。

保证重金答谢。

电话—绿色的。

寻找贼仔！

找到者请立刻对这个坏蛋进行再教育。

其他事情以后再说。

此非琐事一小桩，
什么、多少、去何方！
拿的少了丢个光，
拿的多了稳当当！

你们多少动动脑，
路上带什么最好。

乌古哈大发脾气，因为她的方向盘和保险杠还没固定好。

“哎，动物们！站住！”刺猬阿加西在路上奔跑着。他跌倒，跳起来，又往前奔跑，一路磕磕绊绊。一边跑一边挥动爪子，表示有话要说。“我什么都知道了！你们大祸临头了！贼仔正在制订一项阴险的计划！”

我们一天不停前行，已经走了很多路程。
为什么要找藏宝库？因为我们需要。
那里有很多珍宝！

为什么要找藏宝库？因为我们需要。
那里有很多很多珍宝！

大家都需要珍宝，谁不希望有财宝？
所以满世界寻找。
为什么要找藏宝库？因为我们需要。
那里有很多奶酪！

为什么要找藏宝库？因为我们需要。
那里有很多很多奶酪！

磨破爪掌尾巴尖，灌木丛中撒个欢。
找到珍宝不容易，想要食物难上难。

找到珍宝不容易，想要食物难上难。

第七章 劫持穆拉扎福卡

看看图上
有几个贼仔？

我是小刺猬，调皮针刺多，
谁想往我身上坐，屁股立刻被扎破！

“你们看，那是阿加西！”松鼠布拉卡第一个看见了刺猬，“不久前他忘记了自己不会游泳，还是我勉强把他从湖里拖出来的。”

“谁都想和猫侦探一起寻宝！”乌古哈气愤地说，“瞧，刺猬又来了。”

动物们急忙躲避着阿加西，唯恐躲闪不及被他的刺扎到。

阿加西跑到汽车前面大喊：“你们都站住！我看见贼仔了，他想出了一个可怕的计划！”

“贼仔想出什么计划了？”达芬奇问完，立刻安排记录工作，“老鼠们，快记下阿加西的话。我负责侦查，我有种预感，我们马上就能知道实情。”

老鼠们迅速准备纸，忙得唰唰作响。

穆拉扎福卡跳到阿加西跟前，抚摸他带刺的脑袋，温柔地小声说：“贼仔想出什么了？你看着我的眼睛说！”

这时发生了令人想不到的事！阿加西像着了魔似的看着花猫，还“扑哧扑哧”地抽鼻子，脸上似笑非笑，眼前飘浮着紫色的迷雾。

“把你的爪子从他身上拿开！”乌古哈要打花猫，可是花猫闪开了，这一拳直接打在刺猬的脑门上，阿加西“扑通”一声跌倒了。

动物们都紧张地弯下身看着这个可怜虫。

“刺猬，你还活着吗？”布拉卡悲伤地带着哭腔喊他。

“我没想到会是这样！我不是故意的！”穆拉扎福卡说。

“凶手！”乌古哈大喊，“你是故意闪到一边的，就想让我打到

他！嘿！我算看透你了！”

猫侦探举起阿加西的爪子，高兴地喊：“还有脉搏！”

“我在哪里？”阿加西发出嘶哑的声音。

“他还活着！活着！”老鼠们尖叫。

“你是和我们在一起！和天才们在一起！”猫侦探说。

“这里有蘑菇吗？”阿加西坐起来，胆怯地东张西望。

“又来了！”史木茨翻着白眼说，“他又把什么都忘记了！”

非常公正的报纸

母鸡真理报

快讯

动物城散布一种传染病！

刺猬阿加西被传染上一种奇怪的病，民间称之为“刺猬失忆症”，这种病有可能蔓延到每一位脑袋被撞击的动物身上。我们报纸建议，如果不想得上这种病，承受病痛和治疗带来的精神压力，那你在出门前就戴好安全帽。如果没有安全帽，可用铁锅或煎锅替代。

母鸡苦大哈

“小刺猬，你不会游泳！”布拉卡提醒他。

猫侦探沉思了一会，小声说：“这里有点儿不对劲。为什么阿加西总是失去记忆？这不是简单的事，这里隐藏着什么秘密。”

“不知道为什么，我在这个森林里感觉不舒服。”花猫一边抱怨，一边往旁边退。“我有一种感觉，好像有谁随时都会抓住我的尾巴似的。”

谁都没有发现，贼仔已经悄悄地走到离穆拉扎福卡不远的一棵树下躲藏起来了。

“大家注意啦！”猫侦探喊，“现在吃晚饭，然后我们修车准备睡觉。苦大哈和布拉卡负责准备野营帐篷。我们不能放阿加西回森林去，那样他会落入贼仔的魔爪。我委托史木茨和真尼照看他。”

“哇！多好的差事！”史木茨高兴地说，“小刺猬，要不要买我的吊带呀？”

“他不需要买吊带，而是需要买脑子。”真尼反驳道，“小刺猬，想要脑子吗？咚咚呛！脑袋里有没有咚咚呛？”他一边唱还一边跳起舞来。

“我以前从来没见过你们吧？”阿加西一边问，一边仔细地打量着朋友们。

“见过，只是我一天和你重新认识十次有点儿烦了。”史木茨打断他说，“你最好能回忆起想要告诉我们的事……”

这时贼仔从树后出来了。确定谁也没看到他，这个坏蛋咧嘴笑了，同时悄悄地靠近穆拉扎福卡。

“哎哟，多么漂亮的紫色小老鼠在那里跑啊！”阿加西朝贼仔挥动着爪子喊道，“我好像看见过这只老鼠。”

“哪里，哪里，哪里？”乌古哈转动脑袋到处看，贼仔向刺猬挥挥拳头，随即又钻到树后躲起来。

“什么在哪里？在老鼠家旁边的灌木丛里！这个小老鼠叫贼仔，还有……”阿加西突然想起来了，于是大喊：“这是贼仔！快抓住他！他就在那棵树后面！”

“那棵树后面谁也没有啊。”穆拉扎福卡说，“我刚刚去过那里。你这是幻觉。”

“为什么不相信我呀？”阿加西很失落。

“如果你把所有的事都告诉我们，我们就相信你了！”穆拉扎福卡把爪子伸向阿加西，猫头鹰把她推开了。

“说吧，刺猬！”

“今天夜里我在湿地附近采蘑菇，”阿加西喋喋不休地说，“我突然看见一个小农舍，贼仔和他的两个助手——狗熊和麻雀在里面坐着。他们正筹划一次可怕的犯罪行动！”

“太恐怖了！”

“岂有此理！”

“哎哟，我好害怕，我全身都在发抖！”穆拉扎福卡抖动着肩膀说。

“离远点儿，别影响我听他说话！”乌古哈斥责她说。

穆拉扎福卡受到委屈，气得独自在河边徘徊。

“我走到窗户跟前时，听到了这个坏蛋说的话。”阿加西继续说着，声音越来越小，还惊恐地环顾四周，“贼仔想抓住猫侦探达芬奇，更重要的是，他预谋要给我们这里派一个间谍，让间谍把所有的动物都引诱到这个坏蛋的爪心里去！”

说完这些话以后，阿加西悲痛地擤起鼻涕来。

“这可能是谁呢？”动物们开始用怀疑的眼神互相看着，“谁最擅长干这种卑鄙的事呢？”

“很明显，就是穆拉扎福卡！从一开始我就不喜欢她！”乌古哈声称，“这个放肆无礼的花猫不可能是个好东西！”

“我不相信我的朋友中会有叛徒！”猫侦探坚定地说，“你，刺猬，没有搞错吧？”

“当然，一点儿也没搞错！你看，贼仔现在不正躲藏在树后面吗！”

乌古哈转过身寻找花猫，但是花猫消失不见了。

“她跑了！”

这时从森林里传出撕心裂肺的喊叫声：“救命啊！帮帮我！我被他们劫持了！”

这是穆拉扎福卡的声音。

猫侦探猛地冲过去救援。他一边奔跑，一边折断树枝，但是穆拉扎福卡的声音越来越微弱，很快就完全听不到了。

可怜的、失落的猫侦探回到朋友们身边。

“达芬奇，你没找到她吗？”

“没有，”猫侦探郁闷地回答，“就拿到了这个。”他递给布拉卡一张劫持者亲手写的便条。

阿加西坐在地上哭起来。不论怎么说，他都是一只善良的刺猬。

我是凶恶可怕的贼仔，我劫持了你们的穆拉扎福卡！

如果你们珍惜她的生命，那就让猫侦探在夜里十二点把藏宝图带到那座唯一的独立山崖来交给我！我才（可能）放了你们的花猫！

非常危险和阴险可怕的贼仔

顺便说一下，我们这里目前天气很好。

“别哭了！快去洗洗脸吧！你全身都是树叶和纸屑。”乌古哈嘟囔着，“为什么总是我安慰大家呢？”

布拉卡可怜阿加西，开始帮他清除针刺里的垃圾，突然，布拉卡大喊起来：“你们快看，我在阿加西的毛里找到了什么！”

“我那不是毛，是刺。”阿加西更正说。

“应该经常洗澡！”乌古哈郑重地、以训教的口气说。

“你在那里找到什么了？”

布拉卡伸出哆哆嗦嗦的爪子，爪子里拿着一张纸，同时小声嘟囔着自己都不相信的话：“我认为这是一张藏宝图！是藏宝图！”

猫侦探翻看了一会儿后确认道：“是的，这是藏宝图！我们那张就是这样的！我有非凡的记忆力，我记得每一个弯曲的笔画。不过，为了以防万一还是要检查一下。”

皮克立刻把罐子拿出来。

当达芬奇从罐子里拿出那张画满十字和方块的纸时，他惊恐万分。这种鬼画符连超级天才猫侦探都没法破解。

“这是什么东西？”乌古哈惊奇地问道，“是谁偷偷给我塞进来的呀？”

“没错，是偷偷塞进来的！这一定是贼仔的把戏！这就是他在汽车里干的事！”史木茨胆战心惊地说，“而刺猬是个英雄，他抓住了贼仔，尽情地用刺扎他个够，然后拿到了藏宝图！”

“是吗？”阿加西感到万分惊讶，“难道真是这样吗？这些事儿我自己都不记得了！”

“真正的英雄不必给自己评功。”猫侦探说，同时陷入沉思：现在我们应该做什么呢？怎么解救穆拉扎福卡呢？怎么样才能让朋友们免遭贼仔和他的间谍的阴谋诡计呢？

乌古哈看着贼仔伪造的藏宝图气坏了：“哼，只要贼仔落到我的翅膀下，我非把他打烂不可！”

“如果狗熊和麻雀是贼仔派到我们这里来的间谍，我立刻就能认出来！”阿加西保证道。

“好了，我们已经休息过了，前进吧，朋友们。我们直奔独立山崖，解救穆拉扎福卡！”猫侦探宣布。

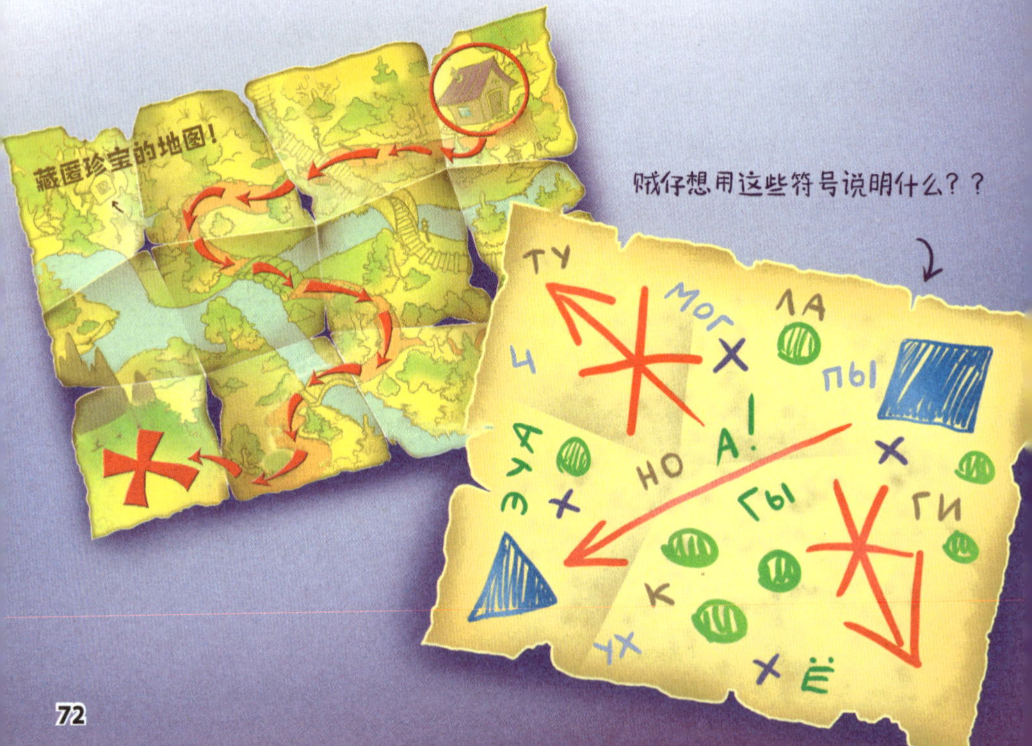

让我们一起画坏蛋——麻雀！

1
画眼睛
2
画上半片嘴
3
再画下半片嘴
4
画两个小眉毛
5
画身子
6
画一绺毛
画翅膀
7
画小爪子
简直就是一个小靓仔
简直就是个小美人

“还有布罗依列尔！”苦大哈插话说，“我有预感，他也是被贼仔抓去当俘虏了。我们今天夜里把他们两个都救出来！”

“这个行动愚蠢至极，为什么要在夜里十二点的山崖上？为什么不是下午一点的林间空地？”乌古哈生气地说，“我不想把时间浪费在你们的贼仔身上。我是搞创作的，都是在夜里工作！”

“贼仔喜欢廉价的效果，”真尼解释道，“要是我或许会这样写。”

“这样很好，”猫侦探神秘地微笑着，“在黑暗中，贼仔可能看不见某些东西。我已经有了一个万无一失的计划，足以战胜这个坏蛋。”

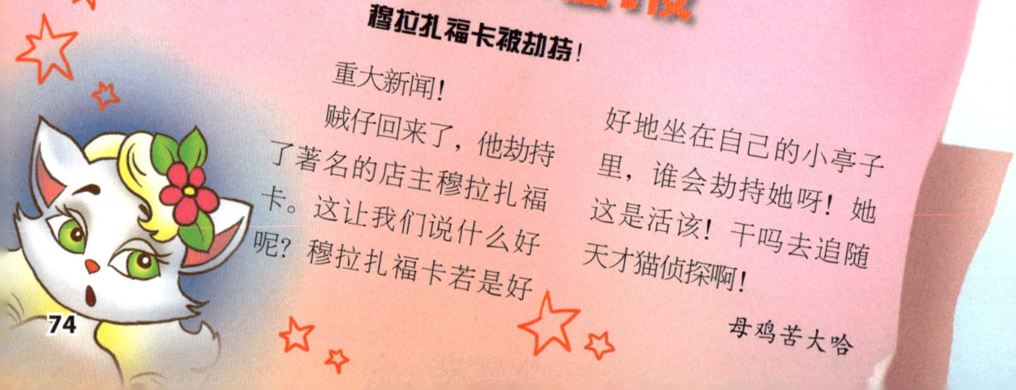

母鸡真理报

穆拉扎福卡被劫持！

重大新闻！

贼仔回来了，他劫持了著名的店主穆拉扎福卡。这让我们说什么好呢？穆拉扎福卡若是好好地坐在自己的小亭子里，谁会劫持她呀！她这是活该！干吗去追随天才猫侦探啊！

母鸡苦大哈

我们一起画一下善变的贼仔！

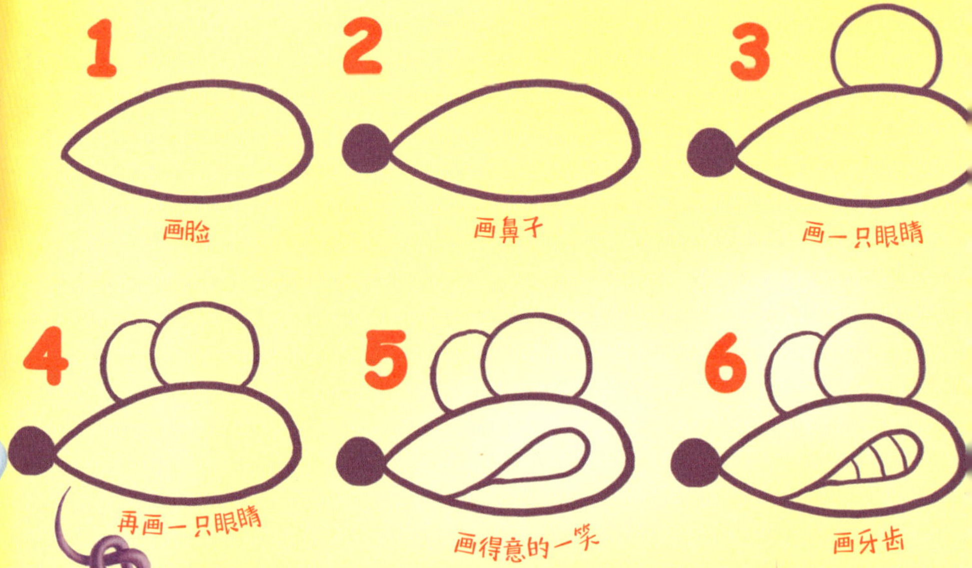

7

画瞳孔

8

画耳朵

9

画身体

10

画四肢

11

我就是这个样子！

画我！

世间绝无仅有，
动物中的清流。
向来低调行事，
乔装百变拿手。

我总对大家说“好”！
助人为乐表真心，
散尽钱财不可估量！
为啥对我并不友好。

供吃供喝为大家，
说我小气是为啥。
我比大家都聪明，
为啥不信我的话。

我，乌古哈，关窗又锁门，
拉上窗帘个个洞口都锁紧，
如此严实如坐监牢不出门。
还是没谁喜欢，还是烦人。

静坐车里面无表情，
蚂蚁上身任意爬行！
哪怕草地采花赠我，
视我不在无人倾听！

第八章
谁可以当间谍？

老鼠没有疮疹大，
能帮侦探出谋划！
有时聪明过了头，
还是三缄其口吧。

猫侦探把朋友们叫过来围成一圈，神秘地小声说：“听着，动物们！贼仔一定会后悔和我们捆绑在一起的！如果贼仔想往我们这里派间谍，我们总能找到对付他的办法。现在我们往他的团伙里派我们的间谍！”

“乌拉！”老鼠们高兴地欢呼。

猫侦探继续说：“我想，贼仔是老鼠，他应该更喜欢母老鼠。我们把一只老鼠伪装一番，让他认不出来，派到贼仔那里打探他的所有秘密。”

老鼠们立刻不吭声了。

“上哪里去找这样的傻瓜……有这样的胆量，又能深入贼仔的洞穴？”乌古哈问，同时眼睛看着球恰。

布布沙悄悄地躲到远处路边的草地上坐着，以防万一被选中。

“我不行！”球恰往后退着，“我一看见贼仔叔叔就会晕过去！”

“那我去吧！”皮克以自我牺牲的精神尖声说道，同时跌倒在尘土里。

“你不行！”布拉卡把他扶起来，“你太爱说话，会把什么事情都说出去的！”

“这样，我把这个重要的使命赋予我们勇敢的小公鼠布布沙！”猫侦探决定了。

布布沙被这个意外搞得无言以对，他极力想张口说点什么，可是动物们开始争先恐后地对他的英雄使命表示祝贺。

“我用我的备用连衣裙和项链打扮他！”布拉卡兴奋地跳着说。

“我把大檐帽给他，反正我也不太喜欢！”乌古哈从车里拿出皱巴巴的绿帽子，哼了一声。

阿加西非常喜欢这顶帽子，甚至有点儿惋惜自己不能戴着这么精美柔软的头饰去完成这个危险的任务。

“你要把布布沙送到贼仔的洞穴。”猫侦探对阿加西说。

“当然，当然！”阿加西挥动着爪子说，“我选最近的路送他去，不必担心！”

“等你回来时，我会试着给你解释你是怎么患上这个罕见的健忘症的。”猫侦探最后说。

“重要的是不能忘记贼仔洞穴的位置。”阿加西心里想，嘴上什么也没说。

布布沙拿着一包东西到树后面换衣服去了。布拉卡有点犹豫地跟在后面，因为她需要给布布沙讲解一下怎样正确地穿连衣裙和化装。

当布布沙以崭新的面貌出现在动物们面前的时候，大家都笑得跳起来。布布沙现在变成了一只非常奇怪的老鼠，长长的眉毛，头上扎着蝴蝶结儿，涂着鲜红的嘴唇。

“你们看怎么样？”布布沙问道，眼睛眨得“啪啪”响。

“太漂亮了！”布拉卡赞叹道，“真正的女间谍！”

“哎呀，我实在受不了了！”史木茨拍着肚子说，“这不是普通的野鼠，简直就是一只家鼠啊！”

“太对了！”猫侦探达芬奇夸奖道，“家鼠杜丽雅！怎么样，好名字吧！”

“家鼠杜丽雅！”大家都笑了。

这时，猫侦探举起爪子要大家恢复秩序。

“布布沙，你要潜入贼仔的洞穴，取得他的信任，探明他的计划，然后跑回来把情况告诉我们，明白吗？要记住，我们把希望都寄托在你身上了！现在穆拉扎福卡的命运，甚至整个森林的命运都掌握在你的小爪子里！”

布布沙点点头，他非常想发表一些豪言壮语，可是乌古哈把他转过去，抓着他的肩膀就往森林里推：“快走！我就受不了这种拖泥带水的告别场面！”

“如果有什么情况，我们会把你和布罗依列尔以及穆拉扎福卡一起救出来。”苦大哈鼓舞他说。

布布沙和阿加西一起向已经昏暗的森林走去，那里是他从前无论如何都不敢迈进一步的地方，要不是因为穆拉扎福卡……

动物们一直向布布沙和阿加西挥爪告别，直到他们消失在树林后面。

稍晚一些时，母鸡苦大哈到河里去洗嘴，她看见了一样东西，为此差点把包包掉到河里去。

“喂，你们快看，那是什么东西在河里闪闪发光呀？”她“咕嗒咕嗒”地叫起来，“这是个瓶子！如果是个漂流瓶，那它里面一定有信件！有可能是贼仔寄来的！”

苦大哈把自己贵重的包包放在岸上，一下跳到水里，抓住瓶子后立刻就把它打开了。

“我对重大新闻一向敏感。”她嘟囔着。

帮助苦大哈把所有的漂流瓶都收集起来。

用干草扎好的一张纸条从瓶子里掉出来，落到了苦大哈的肩膀上。

“哎，小心，别掉下去！”乌古哈提醒她，可是为时已晚，苦大哈已经在追赶随着水流快速漂走的纸条。

纸条从水中捞出来后，信上的某些字已经被水冲掉了，信的内容也很难分辨清楚。下面就是剩下的字：

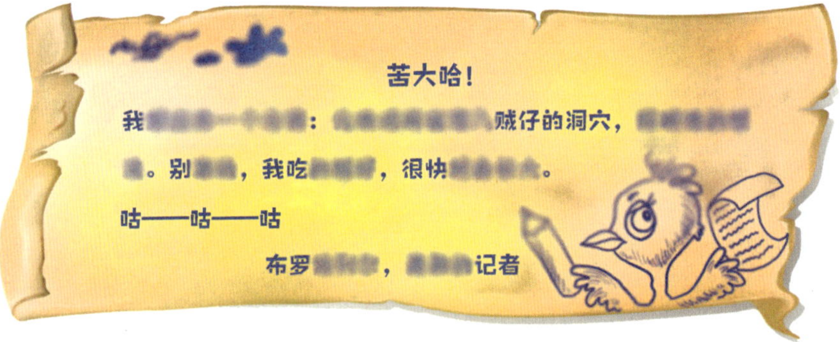
苦大哈！

我[illegible]贼仔的洞穴，[illegible]。别[illegible]，我吃[illegible]，很快[illegible]。

咕——咕——咕

布罗[illegible]，[illegible]记者

乌古哈抢过纸条说了一句“我全能弄明白”，立刻就把看不清的字都写出来了。下面就是她填好的内容：

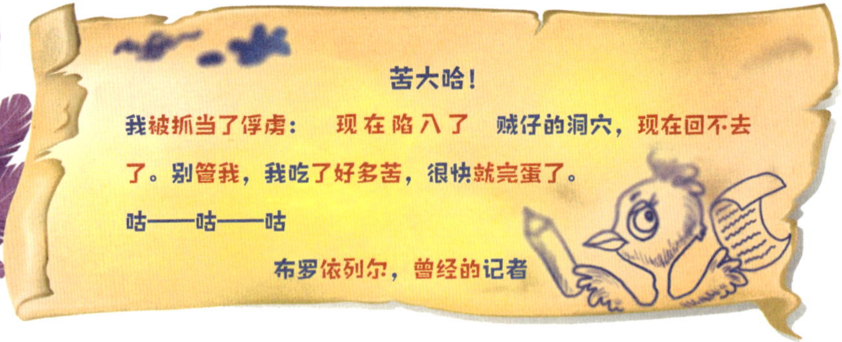
苦大哈！

我被抓当了俘虏：　现 在 陷 入 了　贼仔的洞穴，现在回不去了。别管我，我吃了好多苦，很快就完蛋了。

咕——咕——咕

布罗依列尔，曾经的记者

苦大哈读完复原后的信件，痛苦地大声哭起来。

“别哭了，达芬奇会救出他们的！”布拉卡跑到她跟前安慰道。

这时，达芬奇说：“苦大哈，**少安毋躁**。我超级天才既然接手了这件事，就一定会善始善终。我们一定要救出穆拉扎福卡和布罗依列尔，更不能让贼仔找到珍宝。我们自己也会画一张假地图塞给贼仔！我们会混淆一切信息，让贼仔永远也不可能找到珍宝。”

“天才！”大家齐声喊道。

“我们是不是还可以再伪造一个藏匿珍宝的地方，里面放一些假的珠宝？”史木茨建议。

“你又来了！”乌古哈转身对他说，“那样的话，我的书就永无出版之日了！你最好再建议造些假树挂上灯泡代替太阳。”

“为什么？”史木茨露出**局促不安**的表情。

“为了让我完全失去理智，让猫侦探中断侦查！”乌古哈大喊，“最后还有一句话，那就是把你变成一只假黄鼠！”

“现在我给你们上一堂超级绘图课。”达芬奇及时阻止了大家的无端争论。“老鼠们，给每位发一张纸和一支铅笔。请大家都竖起耳朵擦亮眼睛，注意听清和记好。”

“我也想协助你！为什么让老鼠们发纸张和铅

少安毋躁：指稍作等待，保持安静，不要急躁。

局促不安：形容举止拘束，心中不安。

笔，而不让我去呢？”布拉卡很委屈。

“你有更重要的任务，”猫侦探立刻找到了回答她的话题，“你去林中空地拿一些干草来。”

“要干草干什么呀？”动物们惊奇地问。

“以后告诉你们，”达芬奇狡黠地使了个眼色，“现在都看这里。”

当动物们学会看图纸以后，都感觉自己又聪明又有学问，就连乌古哈都感叹地说：“我一定要写一本介绍寻宝的书！”

猫侦探得意地微笑着。这时太阳已经落在森林上空，蚊子们开始“嗡嗡”地围着动物们转悠。

布拉卡挥动爪子，驱赶着这些讨厌的飞虫。

“天很快就要黑了，独立山崖离这里很远，我们要来不及了！”

“是的，我们必须走了！”猫侦探看了一眼渐渐黑下来的天空，朋友们跟着他朝贼仔指定的交战地点出发了。

母鸡真理报

快讯

贼仔指定了和猫侦探达芬奇见面的地点！

鉴于猫侦探营救穆拉扎福卡计划的保密性，关于伪造图纸和午夜十二点在独立山崖抓捕贼仔等匪徒的程序，本编辑部不便透露给读者们。

好了，就此打住！够了，别再用那些愚蠢的问题纠缠我们了！

母鸡苦大哈

太恐怖！
太可怕了！

这就是那个坏蛋贼仔！

第九章 秘密任务

赋仔暴怒啃房子，
啃完檐板再啃窗。
他的神经大发作，
满口利齿磨成钢。

布布沙和阿加西正在接近贼仔的洞穴，离得越近越感到可怕。森林变样了，弯曲的树木密密麻麻地缠绕在一起。树冠蔽天，树根旁边长满了青苔和毒菌菇，林中永远黑暗不见天日。树枝不时钩住布布沙的连衣裙，但是，他还是勇敢地继续跟在阿加西后面前行，尽量目不旁视。布布沙不时感到林中动物们对他**虎视眈眈**。但是，他不去想他们都长什么样。在这样偏僻的地方很难说栖息着什么样的动物。阿加西怎么会心血来潮夜里到这种地方采蘑菇呢？

虎视眈眈：像老虎那样凶狠地盯着。形容心怀不善，伺机抢取。

天黑下来了，潮湿的沼泽地上空云雾翻滚，远处的树林后面，闪着灯火。

“看，那就是贼仔的洞穴！”阿加西停下脚步说。

布布沙坚定地迈出一步：“下面我要自己走了！你看看，我一切都正常吗？”

“当然，正常！”阿加西快速点头说，“那我走了，天不早了！”

“等一下！”布布沙喊了一声，被自己发出的声音吓了一跳，急忙把脑袋缩到肩膀。“你拿着这顶帽子，就算我留给你的纪念吧。万一我此去回不来呢。”

“嗯！”不知为什么，阿加西连连点头称是，然后快速地跳过一对毒蘑菇，消失在树林里了。

几分钟后，一只怪模怪样的家鼠走近贼仔的洞穴，他身穿长长的连衣裙，头上还戴着红色的花蝴蝶结儿。他漫不经心地小声哼着歌，在贼仔窗户附近闲逛，偶尔无意地往窗里看一眼。但是，不时有东西妨碍他：一会儿是花蝴蝶结儿掉到鼻子上，一会儿是爪子踢到露出地面的树根上，一会儿又是那个脏乎乎的玻璃窗，透过它几乎什么都看不见。家鼠自己感觉好像谁也没发现他，可是屋顶下的阁楼窗户里有一双眼睛在炯炯发光。

围着房子转了一圈后，家鼠沿着弯曲的小阶梯走上去，爪子伸向干裂的房门。这时，从破农舍里传出大喊大叫声和低沉的敲击声。

门牌不停地晃荡。

突然，房门自行打开，贼仔站在门槛上。他两眼炯炯发光，上牙打着下牙，尾巴敲得地板“噼啪”响，用嘶哑的嗓音问道：“怎么回事，你在这里偷听吗？”说着就用他那干瘦的爪子抓着连衣裙把家鼠拖到屋里去了。

家鼠吓得说不出话来。贼仔的洞穴很小，有一张铁床，上面的铆钉锈迹斑斑，墙纸也剥落下来。看得出，这是贼仔爪子抓过的痕迹，是他在屋里乱跑乱窜消磨漫漫长夜的结果。

桌子上放着几张纸，上面都是勾画的线条和箭头。看来，贼仔正在准备进攻方案。

家鼠看见窗户旁边坐着一只棕色的大狗熊，吓得一哆嗦。这家伙正在磨刀，长着大嘴巴的小麻雀正在给他提什么建议。

“你在我的豪宅附近**鬼鬼祟祟**转悠什么？”贼仔摇晃着家鼠问道。蝴蝶结儿从家鼠脑袋上掉下来，

鬼鬼祟祟：形容行动偷偷摸摸，不光明正大。

黄色的头发散开了。如果贼仔稍微留点意的话，立刻就能看出这根本不是什么家鼠，而是伪装的布布沙。

家鼠把颤抖的爪子藏到背后，磕磕巴巴地说出脑子里闪现的一句话：“没什么事！我就是散……散步，采……采几朵花儿罢了……”

“在这个密林里？”贼仔不相信，“这里长的都是毒蘑菇啊！”

“我就说嘛，这里都是有毒的花儿！”布布沙诚恳地同意道，“但是，一个我从来不认识的猫把河边草地上的花儿都摘走了，这不，我只能来这里散步……”

“我最恨猫了！”贼仔嗓子嘶哑地哼哼道，“特别恨猫侦探达芬奇！”

狗熊和麻雀连连点头，赞赏自己的头头。

布布沙突然想出一个智胜贼仔的好主意，这时他说话更自信了：“是啊，是啊，作为一只可怜的家鼠，我比谁都更明白这点。”

“这个卑鄙的猫侦探就是我的绊脚石！”贼仔盛怒地说，“要不是他，珍宝早就是我的了！我真想抓住猫侦探达芬奇，咬断他那条讨厌的尾巴！”

“哦，我想抓伤他那红色的鼻子！”布布沙说着谎话。

“你是为什么呀？”贼仔很惊讶。

“为什么？因为我是最著名的猎猫能手——家鼠杜丽雅。我已经战胜了五十只公猫、四十只母猫和九只野猫。如果再加上达芬奇，那我正好就是打了一百场胜仗！”

“就是说你想战胜达芬奇？”

“当然！如果你同意我加入你的团伙，我会无比庆幸，热泪盈眶的！”布布沙十分勇敢地站起来说，“让我加入你们的团伙吧！求你了！”

贼仔不相信，他皱起了鼻子。通常都是他恳求或者强迫动物们加入自己的团伙，可现在是老鼠自己找上门来。如果现在不接受家鼠杜丽雅，那她走了以后就会对其他动物说出他洞穴的位置。

“关于这个问题你们怎么想？”贼仔问狗熊傻东和麻雀奇力克。

“我想，帮手越多，我的活就越少！”傻东喊道。

“我根本不会思考什么问题。”奇力克承认道，“我这个麻雀脑袋里只能装一个问题，多了不行。以前我认为动物们都不会思考，可是，当我知道有时他们也能办成一些事的时候，特别惊讶！”

“既然这样，那我就接受你入伙……”贼仔一边思考一边嘟囔着，“好吧，就认为你是我们团伙的一员了。但是，首先还是要考验你一下。来，我们一起走。”

布布沙大声咽了一口唾沫。如果没有通过

考验会发生什么呢？到时大家都会看清他是谁了，贼仔一定会把他撕碎！

阿加西拼命地加快速度，想尽快逃离这个可怕的地方。森林里越来越黑暗了。

眼前树枝一闪而过，阿加西开始感觉有谁在跟踪他。他猛地转过身，一下子撞到树上，摔了个嘴啃地。一团紫色花粉粒从他眼前飞过。

遗憾的是猫侦探没在跟前，否则他就会发现一个特别的细节，然后就能猜到阿加西为什么又失去了记忆。实际上猫侦探达芬奇此时离这里很远。

阿加西站起来，晃了晃脑袋，立刻明白自己又失忆了。他唯一能想起来的就是家鼠杜丽雅应该潜入贼仔的洞穴……

贼仔从橱柜里拿出两个用某种光滑材料做成的奇特翅膀。

“这是什么东西呀？”布布沙问。

“一会儿你就会认出来！”贼仔哼哼地说了一句就去开门，“啊——啊——啊！”他大声喊叫起来。

门口站着一个戴着绿色大檐帽子的怪物，很像针刺几乎都退光了的刺猬。

“你是谁？”贼仔问道，同时闪到一旁。

刺猬刚一张嘴，布布沙立刻就猜到了他是谁。

“你们好！”阿加西朝坏蛋眨了眨眼睛，“那个狡猾的盗画贼，就是坏蛋贼仔是住在这里吗？我不记得他长什么样了。”

“是住这里，”盗画贼挺起胸脯回答道，“你有什么事？”

“我是家鼠杜丽雅！”阿加西自我介绍说。

贼仔猛地转向布布沙：“那你是谁？”

阳光科利亚初照科利亚遍地科利亚流科利亚，大门科利亚立刻科利亚就科利亚开锁科利亚。

棕色科利亚朋友科利亚喜科利亚相逢科利亚，平面科利亚猫儿科利亚搭把手科利亚。

第十章
穆拉扎福卡，我们救你！

彻夜不吃，不喝，不睡觉，
奔走呼号，寻找既定目标！

原来独立山崖比地图上标注的距离更远。这群寻宝者不得不跨过难以逾越的山岭、峡谷、瀑布，甚至还有一座不大的火山。夜幕降临，就快要到指定的时间了，动物们仍然无畏地跟在猫侦探后面前行。猫侦探爪子里提着灯笼勇往直前。汽车的前灯撞坏了，只好跟在大队后面慢慢滑行。乌古哈害怕滑到水沟里去，让史木茨在车前面给她指路。

看那边！

在漆黑的峡谷附近横卧着两块巨石，像之前的石头一样，猫侦探在这两块石头上也看见了一些奇怪的字。

“那上面写的什么呀？你知道吗，达芬奇？”

“现在我们不能耽搁，没时间去猜这些字了。”猫侦探严肃地说，“苦大哈，把石头拍下来，等我们救出穆拉扎福卡以后再猜测写的是什么内容。”

苦大哈停下脚步，用照相机“咔嚓咔嚓”拍照。

动物们的头顶上飞来了一只“鸟儿”。她飞得很低，翅膀碰到了皮克，皮克吓得跌倒在地。“鸟儿”迅速调整高度，伴随着冷酷的叫声消失在树冠后面了。

“这是蝙蝠！”布拉卡吓坏了，“我认识她，上周六我梦见的就是她。如果蝙蝠‘哔哔哔’连叫三声，就会有倒霉的事情发生！”

“哔！”从远处树后面传来了这个叫声，“哔！”又是一声。

“她连着叫了三声了！”布拉卡皱着眉头说。

“她有可能会飞回来吧？”史木茨问，同时在路上捡起一根棍子，“不管怎么说这也是个坏兆头！”

“愚蠢，”乌古哈打断他说，“我们猫侦探才不怕什么坏兆头！如果需要的话，他自己就是飞行猫！是吧，达芬奇？”

“嗯哼。”猫侦探点点头，他往黑漆

漆的森林里看了一眼，一下子呆住了。

“那里有什么东西？”布拉卡小声问。

“我认为就是这里。”猫侦探把灯笼高举起来后说道。

这时大家都看见了一条狭窄的小路，一直延伸到树干后面。

“我可不去那里！”史木茨把棍子紧贴在身上嘟囔着。

猫侦探挠了挠耳朵，他感觉有点儿奇怪，自己似乎来过这个地方。

“不知道为什么，我感觉就是这条小路通向独立山崖！”

“我知道你为什么有这种感觉了！”球恰发话了，“因为你是天才呀！”

“可是汽车开不过去呀！”史木茨说，“这条小路太窄了！”

“那就把他留在这里站岗吧！”乌古哈气呼呼地说。

“给谁站岗啊？给小路吗？”

“给汽车！总的来说我为你感到羞愧！虽说我是一只软弱的鸟儿，我也来和大家一起救穆拉扎福卡！猫侦探从来也没有指责过我，说我是胆小鬼或不好的伙伴！”

“朋友们，别争吵了，我们的时间不多了。”猫侦探踏上小路。

“我想在天才猫侦探达芬奇抓捕凶恶贼仔之前，做一次简短的采访。”苦大哈对着口述录音机嘟囔着，同时跳到猫侦探面前。“交战之前你有何感想？”

猫侦探用怀疑的眼光看着苦大哈，然后环视老鼠们：

“我们应该抓紧，不然的话贼仔会比我们先到山崖，我们就来不及了！”

老鼠们果断地夹起尾巴，准备跟着猫侦探前行。

“你很久之前就决定要战胜贼仔吗？”苦大哈问。

“从我们刚认识的时候就开始了。”皮克代替猫侦探回答道，“达芬奇是超级猫侦探，他保护我们老鼠！”

“好了，我们大家一起往山崖方向走，真尼和史木茨留下保护真正的图纸，布拉卡，你拿着那份伪造的。”

“嗯！”布拉卡紧紧地抓住图纸。

猫侦探第一个迈步走进森林。

“我还没来得及提出所有的问题呢！”苦大哈“咕嗒

咕嗒”地叫起来，“你随身有没有带着什么秘密武器？童年时你最怕什么？你有哪些创作计划？”

“你最好采访我！”乌古哈凑到她面前说，“我的创作计划不计其数，连自己都不知道有多少！”

“那还用说！”苦大哈把口述录音机藏到了包包里，“先出名，然后我就采访你。”

乌古哈又批评了黄鼠和椋鸟几句，从黄鼠那里夺过手表，以备确定贼仔到达的时间，然后就跟在猫侦探后面走了。

《母鸡真理报》不知道用什么办法又在动物城出版了一期新报纸。新报没有落到凶恶的贼仔爪子里是一个奇迹，否则后果不堪设想！

爆炸性新闻！！！

母鸡真理报

只能在我们这里读！

快讯

在出发解救被劫持的穆拉扎福卡之前，猫侦探达芬奇接受了本社的独家采访。

“我是猫侦探达芬奇，一个天才，到我该出手的时候了，因为我早就了解贼仔。”

从这份冗长的采访中可以得出结论。但是，目前下结论还为时过早。

母鸡苦大哈

听好，记住，都要写在额头。
抓住我贼仔的能者还没有！
伟大演员是我贼仔的名头，
我一枪打掉阿猫的红鼻头！
呦呦！

贼仔我走遍江湖都拔头筹，
谁不和我交朋友命运堪忧！
贼仔牙尖齿利，唇枪舌剑，
岂能甘心为他阿猫擦鼻头！
呦呦！

只要到我手，休想再拿走，
说命里没有的话已经足够。
贼仔我奉公守法不抢不偷，
阿猫差太远，不是我对手！

第十一章 我是你的姐妹！

家鼠杜丽雅，
美丽杜丽雅，
愚弄贼仔大傻瓜！

贼仔看着刺猬，咬牙切齿，发出“嘎吱嘎吱”的响声：“就是说，你是家鼠杜丽雅？”

“嗯哼！”阿加西抽了一下鼻子愉快地回答。

贼仔转过身来面对布布沙，龇着牙问：“那你是谁呀？”

布布沙张开嘴，闭上，又张开。怎么办？一切都搞砸了！现在谎言被戳穿，贼仔会一起收拾他们俩。阿加西真是太傻了！

“噢！”布布沙大声哭喊着扑向阿加西，“我亲爱的大姐，终于找到你了！我有多少天没见到你了！”

阿加西急忙躲开布布沙，差点从台阶上摔下去。

“你要微笑并点头。”布布沙贴着他耳朵小声说，然后紧紧地拥抱他，尽量不露出他的刺。“你跑到哪里去了，我的大姐，可爱的家鼠杜列奇卡？”

阿加西猜到可能发生了什么奇怪的事情，不论如何，他决定不和这个讨厌的黄色小老鼠争辩，所以就傻乎乎地微笑并点头。

“你们把我当傻瓜吗？”贼仔喊着，踹了一脚墙吓唬他们。傻东吓得躲到桌子下面，明白贼仔不是冲他发狠后，又回去继续磨刀。“家鼠可能有个刺猬大姐吗？”

“可能！”两个家鼠杜丽雅用力点头，为了让他相信，又一次拥抱在一起。“你看，我们俩长得多像啊！”

贼仔从来没见过这样无理取闹的事。他们是怎么回事，是认为贼仔没有脑子吗？还是认为他连家鼠和刺猬都分不清啊！

“看不出来！你们一点儿都不像亲姐妹！”贼仔跺着爪子说。

“这是我们妈妈犯的错。”布布沙流着眼泪说，“她总说要我们长成优秀的家鼠，我大姐却急于长成一只刺猬。不论父母怎么反对都**无济于事**。也许，并不是谁都能长成家鼠？”

“嗯哼，”阿加西随声附和着，“我完全同意。”

“我们久别重逢，总算如愿以偿了。现在我们想在像你这样的坏蛋的领导下干一件惊天动地的大事！”

贼仔神经紧张地抽动着尾巴，两眼转来转去。

“你们的过去我知之甚少，但是我需要同谋，那就这样，

无济于事：对事情没有什么帮助或益处，比喻不解决问题。

这是怎样的相逢呀！
我们俩长得多像啊！！
10千克

我带你们做事。不过要注意，我会严密地监视你们，如果有谁想背叛我，我立刻就能发现。”

阿加西还想习惯地点头，可是布布沙及时地拽了一下他的爪子。

“永远不会叛变！”家鼠杜丽雅摇着头，带着表示信任的微笑。

贼仔跳到镜子前面，皱着眉头，龇着牙齿，紧握拳头。

“怎么样，我的样子够可怕吧？”他向傻东探问。

“可怕，像恐龙那么可怕。”傻东肯定地说，“如果你不打喷嚏和挠痒痒，谁都会怕你！”

“我什么时候打喷嚏和挠痒痒了？”贼仔愤怒地喊叫，同时立刻就打了个喷嚏，还挠了一下鼻子，“都是你的晦气话惹的祸！”

“我也就是话赶话说的。”傻东开始证明自己没错，“当然，你从来不打喷嚏，也不挠痒痒。”

“这就对了！”贼仔哼哼地说，又打了个喷嚏。然后他推开布布沙，朝门外看了一眼，嘟囔道：“没有动静！该出动了！我们应该来得及赶在那只猫之前到达山崖。”

“我们怎么才能到达那里呀？太远了吧！”

“我都想好了！我是滑头里最大的坏蛋，坏蛋里最大的滑头！出发！”

动物们跟在贼仔后面走出来，森林像一堵黑墙挡在前面。远处有谁在风的呼啸声和树枝的断裂声中悲戚地唱着歌。

阿加西看了看周围，皱起眉头，嘟囔道：“这地方我有点儿似曾相识！”

“别胡扯了！都听我说！”贼仔“吱吱”叫着，“我这里位置不够，狗熊和麻雀自己步行去山崖，其他动物跟我走，我会给你们一个惊喜！”

踏遍森林沼泽地，
甘冒酷暑暴风雨，
引导我们去寻宝，
不知能否满载归。

孩子可别去寻宝，
找个傻瓜替你跑！
背着绳索已很重，
还加铁钎锹和镐。

算你确知已无疑，
挖到铜币不足奇，
得不偿失已注定，
收获只是二得一！

第十二章
极其可怕的丑八怪

是谁坐在黑暗的灌木丛里？
超级可怕，超级恐惧！

猫侦探和他英勇的寻宝团队淹没在黑暗中。几分钟之前还听到猫头鹰愤怒的喊叫声，她没有选择在树林上空飞行，而是和大家一起步行前进，由于撞到露出地面的树根而吵骂几声，不过很快就安静下来了。

只有史木茨和真尼留下看守藏宝图，藏宝图装在罐子里藏在汽车座椅底下。他俩心惊胆战，一声不响地站着，凝视着前面黑暗的森林，聆听着树叶神秘的簌簌声和其他声音。

“你知道这里会出现丑八怪吗？”史木茨拉了一下真尼的翅膀，上牙打着下牙说，“他们从黑暗中冲出来，袭击独行者。”

似乎是天意，月亮此时从乌云中探出来照亮了大地，地上的一切立刻都变成虚幻的蓝色。史木茨突然感到他的尾巴在抖动，不是因为害怕，就是因为寒冷。

这时，一只青蛙在不远处的草丛里“呱呱”叫着。

史木茨和真尼立刻躲进汽车里。

独立山崖
小汽车
进出口
独立山崖

真尼转身面对史木茨，看见他眼睛里反射出的月亮。

“椋鸟都不怕丑八怪！”他说话的声音勉强能听到，一边说，还一边回头往后面看了好几次。“椋鸟唯一害怕的是极其讨厌的黄鼠。”

史木茨感到委屈，气呼呼地说：“丑八怪一般都是从密林深处出来，袭击那些不相信他们存在的过路者！”

真尼刚要说他并不害怕，突然他们面前的树木摇晃起来，从森林里冲出一个庞然怪物直奔汽车而来……

“丑八怪！”史木茨和真尼同时大喊，从汽车里跳出来就往远处跑去。

“啰——啰——啰！”声音传遍整个森林。

这个大怪物跳到汽车跟前，开始大笑起来，笑声把一只小鸟从他肩膀上抖落了下来，小鸟大声喊道：

“快停止你的愚蠢行为，傻东！同样的话和你说过无数次了！我们朝空地那边跑！”

但是，史木茨和真尼已经跑得越来越远，这些话他们都没听见。

他们爪子不着地沿路拼命奔跑，想离这个可怕的家伙越远越好。真尼受惊不已，连自己会飞都忘记了，一直拽着史木茨的尾巴奔跑。

但现在最危险的是布布沙，他正处在暴露身份的边缘。

最可怕的家庭作业！

我们学习画真正的丑八怪

画画你心中的丑八怪！

黑色
茶壶

第十三章
美女杜丽雅！
家鼠杜丽雅！

我们要抓住一百只猫！
你准备好了吗？时刻准备着！

贼仔点亮灯笼给自己照路，绕过房子，在灌木丛后面，一眼就能看见一条隐蔽的小路通往小河边。岸边，拴在树桩上的一只装有发动机的小船随着波浪摇晃着。贼仔打算一旦他的洞穴被发现，就藏到这只小船里。灯笼照亮了船上的标志——黑色茶壶。原来小船的名字叫“白色茶壶”，可是贼仔觉得这个名字不够可怕，就改成了现在这个名字。

“哎，家鼠杜丽雅，你们还站在那里干什么？快到船上来，我们要抓紧时间，快点！”

布布沙和阿加西小心翼翼地爬上小船，坐到船头的一个小板凳上。姐俩一模一样！

“我总觉得在什么地方见到过你们！”贼仔仔细地打量着他的两个乘客，“而且是不久前看到的！”

“有可能是在电视上看到的吧？我们经常出现在‘如何抓捕猫侦探达芬奇’这档节目里。”布布沙编谎话说。

“我怎么不记得这档节目！”

阿加西突然冒出一句文不对题的话：“这个节目很少播放！一百年才播一次！”

“真的吗？”贼仔一撇嘴，“你们多大呀？”

“对女士提这样的问题不礼貌。”阿加西很难为情地说。

“我们去哪里呀？”布布沙迅速转换话题，“我一直梦想抓住猫侦探，但是，如果我们在路上遇到一只猫，比如说穆拉扎福卡，我也一定要抓住她。贼仔，你知不知道附近有一只叫穆拉扎福卡的花猫？”

“知道，我已经把她抓住了，在树上绑着呢！”贼仔大声说，“不过你是从哪里知道她的呢？你们认识吗？”

“不认识！”两只家鼠一齐回答，同时布布沙开始对贼仔**闪烁其词**，有意岔开话题，不让他起疑心。

“我们不知道什么穆拉扎福卡。因为我是猎猫能手，我猜测所有的母猫都应该叫穆拉扎福卡，公猫都叫穆拉扎维奇！”

“好了，别胡扯了！”贼仔嘟囔着发动了马达，“你们把我搞糊涂了，我们还有好多事要做呢！但愿这个该死的猫侦探别打乱我的计划，他怎么能想出这么愚蠢的事呢？说‘猫侦探是从月亮上下来的’！胡说八道！谁都知道，

闪烁其词：言语遮遮掩掩，吞吞吐吐。指不肯透露真相或有意回避要害问题。

月亮上是不可能掉下什么东西的，因为那只是镶在天空上的一块奶酪而已。我们去猫侦探那里拿到藏宝图，我们的间谍会把他引导到我们设定的地方。一切就都搞定了！”

布布沙抓紧船舷，小船吼叫着在河上破浪疾驶。阿加西的帽子差点被吹下去，他急忙抓住。潮湿的沼泽地已经远远地被抛在后面，小船驶过了火山，离独立山崖已经不远了。

“为什么所有的坏蛋都这样无知呢？”布布沙思考着，“月亮是地球的卫星，这个常识每一只受过教育的老鼠都知道。”

小船在沙滩上搁浅了，贼仔喊大家下船。

独立山崖像一个巨人耸立在森林中。

贼仔跳到地上，打开事先做好的翅膀，然后像背包那样挂在自己的背上。

“你们在这里等着我！我很快就回来！”他指示说，然后使劲一蹬地，就像蝙蝠一样飞起来了。“要是不听话，我咬死你们！”

贼仔刚从视线里消失，布布沙立刻扑到阿加西跟前：“你回来干什么？想出卖我呀？差一点儿就搞砸了！要是让贼仔知道了我们是谁，可怎么办呀？”

阿加西往后退着，差点摔到水里去：“我想……我认为……我……”

“来吧，趁此刻贼仔不在，快跑，去找猫侦探，把你听到的情况都告诉他！”

阿加西犹豫了，不知道怎么办好。

“那你单独留在这里，不害怕吗？”

“我更害怕的是你胡说八道，贼仔随时会咬死我们！同时猫侦探需要了解贼仔的意图，并且警惕神秘的间谍！”

“那好吧。”阿加西同意了。“但是，我现在怎么才能找到猫侦探达芬奇呀？”

“往独立山崖那边跑！猫侦探应该正往那里赶呢。别再耽误啦，不然一会儿又把什么都忘记了。”

“好的！”刺猬终于起身向森林那边跑去。

布布沙自己留在岸边。夜里的各种昆虫“唧唧”叫，青草“簌簌”响，布布沙总觉得有谁要悄悄地袭击他……

“你大姐跑哪里去了？”身后传来熟悉又讨厌的声音。

布布沙猛然转过身，贼仔站在他身后，凶狠地眨巴着眼睛。

第十四章
单枪匹马的家鼠杜丽雅

为了保密，
少说为佳！

由于事发突然，布布沙大吃一惊，猛然跳起来。难道贼仔站在他背后偷听了他们的谈话吗？若是那样的话，一切就都搞砸了！贼仔是什么时候走到他背后的呢？他听到了多少内容呢？

“你们都说什么了，你那个带刺的大姐跑哪里去了？你们打算跟我对着干吗？”

“没……没什么呀！”布布沙含糊不清地说，“我就是派我亲爱的大姐去准备晚饭呀。像你这样凶恶的坏蛋在办复杂的大事情之前必须要吃些东西呀，所以她就跑出去找吃的东西了……”

“是吗？那她为什么不事先请示我呢？我是首领啊！”

“当然，你是首领！就因为如此才必须给你准备吃的东西，想让你变得更重要，更强大和更可怕。”

“真的吗？那我们走，我给你安排了一件事做。”贼仔说着就钻进密林里去了。灯笼微弱的光在树木之间跳动，一分钟后，他们走到一棵大树旁边的小空地上。穆拉扎福卡被粗绳绑在这棵大树的树干上。

贼仔熄灭了灯笼。

“我们不能引起外边的注意！”他嘟囔着，“猫侦探不会比规定的时间提前出现的。”

“穆拉扎福卡！”布布沙忍不住喊道。

“喂，你们到底还是认识吧？”贼仔声音嘶哑地说。

“不认识。是你自己说过的，你把穆拉扎福卡绑到大树上了，所以我就猜到了。”

“哎哟，我的爪子都肿起来了！”穆拉扎福卡呻吟着，“谁来救我呀？”她痛苦地“喵喵”叫着，“我对这一切都受够了！你是谁呀？”

“住嘴，穆拉扎福卡！”贼仔呵斥她，“这只家鼠非要加入我们团伙不可，她是猎猫能手。我给她的第一个考验，就是保护你的安全。”

“保护？”

“是的，猫侦探很快就会出现在这里，所以你少胡说八道！我现在去拿根绳子，把你再捆结实点。你，家鼠杜丽雅，就坐在这里看守。如果猫侦探来了，你就使出全身力气大喊大叫，狗熊就会跑过来帮你。”

贼仔刚走开，布布沙就扑到穆拉扎福卡面前，大声尖叫："你认出我来了吗？"

"我为什么要认出你来呢？"花猫气冲冲地说，"我从来不和家鼠打交道！"

"我不是家鼠，我是化装后的老鼠布布沙，是来救你的！是猫侦探达芬奇派我来的。来，我把你爪子上的绳子解开！"

"为什么猫侦探不亲自来呢？"穆拉扎福卡生气地问，"为什么他自己不来，而是派一只什么老鼠代劳呢？"

"他现在要和贼仔交战，我们悄悄溜掉就行了。"说着，布布沙就抓起捆着她爪子的绳结儿。

"不要给我松绑！来救我的应该是猫侦探！"穆拉扎福卡表示抗议。

"你根本不明白自己在说什么，这是要冒犯……"

这时布布沙感到自己离开了地面。有一只爪子把他举起来，贼仔在他耳边疯狂地尖叫……

同时，阿加西那里也发生了不可思议的事情：黑暗中他又撞到树上，因此又一次失忆了。就在一个月以前，他还炫耀自己完美无瑕的记忆力，夸奖自己懂得蚂蚁和鱼儿的语言。但现在刺猬不知道又发生了什么神秘的事。

阿加西一边自言自语，好像在和另一个自己热烈地讨论着什么，一边从树林中走出来。这时，他看见了可怕的一幕：贼仔抓着布布沙的后脖领子，正要用爪子抓伤他，旁边的狗熊和麻雀不知所措地倒腾着爪子。

“救命啊！”布布沙求救的声音在空气中回荡。

“看，那是第二个女间谍！”贼仔大声吼叫，“抓住她！”

狗熊咆哮着扑向阿加西，这时阿加西好像完全清醒了。他吓得眯起眼睛就往远处跑，不小心撞到树上，身上挂满了各种垃圾。阿加西起初是躲着狗熊跑，后来是围绕着狗熊转圈跑，过了一会儿已经是狗熊躲着满身是刺、发疯奔跑的刺猬了。阿加西不睁眼看路，不知道怎么又跑回到密林里来了。重要的是要跑到猫侦探那里，把所有的事都告诉他，好让猫侦探想办法救出所有被困的动物！

母鸡~~真~~~~理~~报

快讯

读者们都焦急地等待新闻，我们记者则焦急地等待重大事件的发生，遗憾的是目前什么事件也没有。一旦有什么事件发生，我们会立刻公诸报端，你们也要及时阅读这些新闻。当然，这也需要诸位把握时机，确保能及时买到报纸！

请等待新闻。

母鸡苦大哈

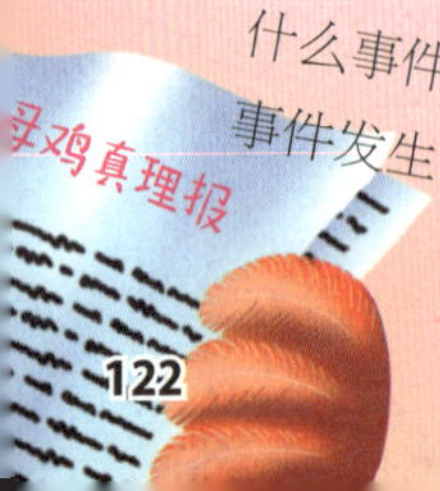

贼仔在等待惊喜
月亮
天才猫侦探
独立山崖
“喵”程序
超级方案
超级猫侦探
大象的脚
猫侦探
我是天才

第十五章
午夜飞行的老鼠！

你本轻轻一只鼠，
起步助跑腾空舞！

行将午夜时分，月光从云中露出来，照在这只勇敢的动物身上，他骄傲地挺直腰板，伸长脖子站在独立山崖的最顶端。他经历了艰难的跋涉，攀登过垂直的峭壁，爬行过狭窄的台阶，终于到达目的地。现在只剩下一件事，那就是等待。

从山崖脚下低矮的云杉树枝下面传来焦急不安的喊声：“我怕他一失足掉下去！”

“不用怕，我们的达芬奇是天才，他一定会有处理这种情况的天才计划！”

但是，英勇的达芬奇几乎要被强劲的狂风吹倒，他不得不努力在冰冷的石头上站稳。

布拉卡从树枝上跳下来跑到老鼠们跟前，立刻加入他们的谈话：“我感兴趣的是，贼仔会用什么方法爬上山崖呢?他又不像达芬奇那样灵巧敏捷！”

“贼仔一爬高就会摔下去。”乌古哈从树墩子下面伸出头来说道，“这时我们立刻就抓住他！我虽然一只翅膀受伤了，但是也在所不辞，要给他一巴掌，让他永远记住！”

史木莰的闹表“咕咕”叫了十二下，乌古哈吓得一下子跳到树墩上，老鼠们准备跑开时，脑门儿又互相撞上了。风越来越大，把树枝吹得“嘎吱嘎吱”响。突然，月亮下出现了一只老鼠的黑影子，他用黑色翅膀乘风飞翔，直奔山崖。

“这是贼仔！贼仔！”苦大哈的照相机“咔嚓咔嚓”地响起来。

猫侦探看见坏蛋后立刻挺直腰板准备战斗。

贼仔也看见了猫侦探，更重要的是他看见了藏宝图，此时正紧握在猫侦探的爪子里。

本来应该落到山崖上，可是贼仔又**别出心裁**地想出了另外一个花招。

“快看，贼仔爪子里有炸弹！”乌古哈“哎哟哎哟”地叫喊，跌到草丛里。

“这不是炸弹！这是弹弓！”布拉卡喊道，“贼仔已经朝猫侦探射出一颗刺果！”

猫侦探没预料到事态会发生这样的变化，他没携带任何武器，只有自己的爪子和智慧，现在都要派上用场了，也只能这样了。

贼仔环绕山崖飞了一圈后，又开始转圈。

老鼠们从云杉林里跳出来，拼命地大声尖叫。苦大哈抓着乌古哈摇晃她：“你还在这里来回转悠什么呀？我们这里除了你以外谁都不会飞！快往贼仔那儿飞，把这个坏蛋打落到地上，问他把我亲爱的布罗依列尔藏到什么地方了！”

乌古哈推开苦大哈说：“我一只翅膀很痛！我不能飞了！松鼠可以证明这点！你怎么不飞呢？”

“母鸡不是飞机，没有飞的义务！”苦大哈抱怨地“咯嗒咯嗒”说。

“怎么？不喜欢吗？”贼仔见猫侦探在揉自己的脑门后哈哈大笑着说，“把图纸给我，我就停止向你射击！”他又

别出心裁：另有一种构思或设计，指想出的办法与众不同。

可怜的小鸟！！
射偏了，成弧线了！
直接击中！
猫侦探的尾巴伸出山崖作杠杆

弹射出一颗刺果，刺果带着“嗖嗖”的响声打在猫侦探的鼻子上又弹出去。

“把穆拉扎福卡交出来，我就给你图纸！”猫侦探勇敢地回答。

“你想救出穆拉扎福卡？好吧，我会让你见到穆拉扎福卡的！”

贼仔又拿出一个什么器械，很像只没底的水罐子。这是一个扩音器，贼仔对着它大声喊：

“傻东，叫穆拉扎福卡亮个相！”

在远处一个圆形林间空地上，十盏灯笼一个接一个地点亮起来，灯光照亮了一棵弯曲多结的大树，穆拉扎福卡就被绑在那棵大树上。麻雀奇力克点亮了最后一盏灯笼后就跑到一边去了。如果是在白天，达芬奇经过山崖脚下的时候就会发现花猫了，可是穆拉扎福卡为什么不呼喊求救呢？这事没那么简单，可能是贼仔又计划了什么伤天害理的勾当。

“把图纸交出来，我就放了穆拉扎福卡！”贼仔尖声喊叫着，“不过我要先尽情地向你发射刺果，我非常喜欢弹射！”

贼仔在猫侦探头顶飞过时刮到了他的后脑勺，猫侦探实在忍无可忍，原地高高跳起，用一只爪子把贼仔打落下来。

“啊——啊——啊！”贼仔“啪”的一声跌落在石头上，翅膀从他身上滑落，有一只还被大风卷走了。扩音器也从山崖上掉下去了。

“逮住了！”猫侦探生气地说，“赶快叫狗熊给穆拉扎福卡松绑！”

“吱——吱——吱！”不知道贼仔在喊叫什么，他恨得喘不上气，怒气冲冲地扑向猫侦探。

猫侦探稍往旁边一闪，贼仔从他身边跑过去，一脚踩空，跌倒在山崖的边缘上，用尖爪勾住了石头。

“啊！你这样对待我！”贼仔“吱吱”尖叫道，“好吧，你挺住啊！现在让你的穆拉扎福卡瞬间消失，连根尾巴都不剩！傻东，把这只讨厌的花猫撕碎！”

傻东抬起爪子要对花猫下手，猫侦探惊慌失色。

“坚持住，穆拉扎福卡！”猫侦探毫不犹豫地跳下山崖。

“啊——啊——啊！”乌古哈吓得大声喊叫。

“他会粉身碎骨的！”老鼠们大喊大叫，眼看着猫侦探急速向山崖下坠落。

第十六章
贼仔的变化无常

忽此忽彼无定所，
傻子动物尚自得。
只有花草和树木，
都是天才无话说，
只有动物胡乱叫，
植物却自得其乐。

猫侦探“扑通”一声跌落在灌木丛里，折断的树枝发出“咔嚓咔嚓”的响声，只见树叶四处纷飞。

布拉卡向他跑过去，可是猫侦探**若无其事**，用四只爪子着地站起来，立即跑过去营救穆拉扎福卡，好像他不是刚从非常高的山崖上掉下来一样。直到后来动物们才知道，原来猫侦探事先在山崖周围放了干草，否则肯定粉身碎骨。真正的天才做事都有先见之明。

贼仔用两只后爪拼命地抓住山崖，最后总算爬到一个平台上。

若无其事：像没有那回事一样。形容遇事沉着镇定或不把事情放在心上。

“想从我这里逃跑？”贼仔嗓音嘶哑地说，然后声嘶力竭地尖叫，“傻东，抓住猫侦探！抓住他，把他绑到树上！让他明白是在和谁打交道！我这就下去，抢走他的图纸！”

猫侦探朝林中空地奔跑，路上撞坏了一个灯笼。

傻东野蛮地咆哮着冲向猫侦探，他认为猫侦探会吓得高

举双爪投降。可是，猫侦探突然改变了方向，来不及转弯的傻东一头撞到一棵云杉树上。

贼仔怒气冲天的叫声响彻森林上空：

“你往哪里跑啊，蠢货！再攻击他一次！抢图纸！”

猫侦探跑到穆拉扎福卡跟前，开始快速地给她松绑。

这时傻东跑过来了。

“小心后面！”穆拉扎福卡尖叫一声。

猫侦探灵巧地解开绳子，然后一下子跳到灌木丛里，扑过来的傻东绊了一跤后跌进草丛里。

“乌拉！”老鼠们齐声欢呼。

“他罪有应得！”穆拉扎福卡激动地喊道。

贼仔恨得气都喘不上来：“你怎么又跌倒了？你这个笨头笨脑的家伙！你比那只猫高十倍，比他重一百倍，比他凶一千倍！你得让这只猫看一看，这里谁是主角！”

“啊——啊——啊！”乌古哈喊道，“他们在打我们的队友！”

英勇的寻宝者们从四面八方跑过来帮助猫侦探。苦大哈拿着口述录音机和照相机跑在最前面，布拉卡带着扩音器紧随其后。

“傻东，打他们！”贼仔号叫着，“他们从后面把你包围了，哎哟，侧面也有！前面也上去了！从四面围住你了！保护好自己！好好揍他们一顿！”

傻东看见一群眼里闪闪发光的黑影向他逼近，出乎贼仔的预料，傻东突然另辟蹊径，拔腿跑进密林。

后来，这条杂草丛生，无处可通的小路还由此得了一个名字，叫“吓破胆的狗熊之路”，这是后来的事了。而现在，动物们在贼仔的凄惨叫声中，兴高采烈地欢呼着向穆拉扎福卡跑去。

“亲爱的动物们！亲爱的猫侦探！你们救了我！把我从恐怖的贼仔那里解救出来！我一直相信，一直期待，也知道……”穆拉扎福卡小声说，同时用赞赏的眼光看着猫侦探。

母鸡真理报

最好的报纸——大家都在读！！

快讯

天才猫侦探营救出穆拉扎福卡，同时骗过了贼仔。猫侦探为他的粉丝们在事件现场拍了六十二张照片。你们可以把报纸上的照片剪下来，贴在墙上，或者就直接放在枕头底下！

请注意，竞赛！

把报纸上的照片剪下来寄到编辑部最多的读者，将获得第六十三张纪念照片。

母鸡苦大哈

布拉卡把扩音器扔掉，有点失落地拉长音说道：

“哎呀，我错过了最有意义的……”

这时候苦大哈的背包开始抖动，露出了一份新出版的报纸。

“读一下报纸就全知道了。”苦大哈递给布拉卡一张报纸。

“哼，等着吧！”贼仔挥着拳头威胁说，“我会让你们知道我的厉害！我只好打出最后的王牌了。”他从山崖顶跳到达芬奇铺在山崖脚下的干草上，消失在森林里。

乌古哈推开布拉卡，走到穆拉扎福卡跟前，说：“请你记住，我们最后一次救你，总的……”

突然，一团蒺藜一样的东西从布拉卡头上飞过去，撞到乌古哈的爪子，“扑通”一声跌落在穆拉扎福卡旁边。

布拉卡拍着爪子说：“你是从哪里掉下来的，刺猬？布布沙在哪里呀？”

阿加西猛地站起来，抖落抖落身子，急忙说：“我知道一个可怕的秘密，布布沙的真实身份被识破了，他被俘当人质！现在，可能他们整个团伙都出发去寻宝了！”

猫侦探返身回去寻找贼仔，可是山崖上空空如也。

“快往汽车那边跑！”猫侦探召唤朋友们，“我们去救布布沙，还要先于那个坏蛋找到珍宝！”

“还要救出布罗依列尔！”苦大哈插上一句。

动物们朝大路跑去。

“等一下！”穆拉扎福卡拉住猫侦探的爪子说，“谢谢你，达芬奇，你是真正的英雄！”

“嗯，小事一桩！”猫侦探挥挥爪子，自己偷偷地想：幸好天黑，穆拉扎福卡没看见他脸上堆满幸福的微笑。

“听着，我想对你说……可是不知道从哪里说起，总的来说，贼仔，他……”穆拉扎福中断了一下，瞪着眼睛，等待布拉卡和阿加西从身边走过去。这时乌古哈在大树后面“哎哟哎哟”地哼哼，苦大哈也在那里“咯嗒咯嗒”地叫喊。

突然从道路那边传来了喊叫：“啊——啊——啊！快到这里来呀！”

“对不起，”猫侦探拽回爪子说，“那边出事了！”

“可是我想对你说……”穆拉扎福卡快速说着，不过猫侦探已经向求救声那边冲过去了。

穆拉扎福卡很生气，她眼睛里闪着凶光。

“好吧，算了，看来贼仔说得对，达芬奇真是一只**自命不凡**的猫。”

自命不凡：自以为不平凡，比别人高明。

乌古哈在道路中间跳着，挥动病痛的翅膀：“史木茨和真尼不见了！贼仔把他们吃掉了！为此还留下一块石头，上面写了一些蠢话！”

“在哪里？”布拉卡跳出来问。

一块石头矗立在道边的丛林中。

“设障碍了！”乌古哈大喊大叫，“贼仔彻底发疯了，搬来一块石头挡路！”

猫侦探开始翻译这些文字，同时请求苦大哈：

“把石头拍下来，我们要尽快赶路！必须赶在贼仔之前找到珍宝。”

第十七章
天才猫侦探的天才猜想

千秋万代至永恒，
足智多谋易成功。
我本动物达芬奇，
超级天才猫一名！

早晨的第一缕阳光照亮天上的薄云，也照亮了正在苏醒的森林。朋友们在前方突然急转弯，跑到一个奇特的建筑物前。这个建筑物既像住宅，又像城堡，还像一个装有旋转木马的娱乐场所。这应该是一位天才的设计者建造的，他在建造过程中似乎突发奇想，于是把想法付诸实践。因此，只要是你想到的东西，都能在这栋建筑物里找到，而且都是些不可思议的、不得其解的组合搭配：小塔楼、小阶梯、小秋千、喷水池、大钟表、拱门、假山、雕塑，还有一些叫不出名字的东西。屋顶上装有各种各样的风向标，正在旋转着指向各个方向。建筑物周围是各种奇特的树木，工整的花坛里百花齐放，装有微型喷射枪的小帆船，在不大的池塘里荡漾。池塘旁边石砌的小广场上有一幅猫的画像，看起来非常像达芬奇，只是画像上的猫有八只爪子，分别指向不同方向，还有两条尾巴。

达芬奇跳到台阶上，高兴地喊道："这就是我们能找到珍宝的地方！"

"太漂亮了！我从来没见过这么美丽的地方！"布拉卡感叹道，"谁住在这里啊？"

"没谁住这里。"达芬奇回答说，"这不仅仅是我这样的天才能看出来，每一个来参观的动物都应该**一目了然**。小路上长满了青草，这就足以证明已经好久没人出入这间房子了。是地图把我们引导到这里来的，为此我得出一个天才的结论：这座房子是专门为藏匿珍宝建造的！我们要尽快去寻找，并且要为劫持布布沙和布罗依列尔的贼仔设下埋伏。"

"天才！乌拉！"大家齐声欢呼，同时向厚重的大木门

一目了然：一眼就看得很清楚。

跑过去，木门上装饰着各种颜色的字。

阿加西第一个走过去，抓起门把手就往外拉，把手一下子被他拽断了。乌古哈指责他说：“你这干的是什么事呀！现在我们怎么进到屋子里去呀？”

“我还是去采蘑菇吧，你们这里太吵了。”阿加西很尴尬，把门把手扔到了灌木丛里。

为了打开房门，动物们想尽了一切办法：又推又拉，用爪子抓着往外拽。但都没有用，门还是纹丝不动。

他们没找到这座房子其他的门，就连窗户都安装着很厚的护窗板。

寻宝者们垂头丧气。

只有猫侦探丝毫不乱方寸："我认为这里面隐藏着一个秘密，我们要破解出来才行！我已经**胸有成竹**，有几个方案在心中！"

达芬奇绕着院子走了一圈，然后停在石砌小广场上，看着那里的猫画像，一边思索，一边自言自语地推论着说："为什么把通往这座房子的路设计得这么蜿蜒曲折？本来可以设计一条直通路，那样距离会更近一些。是不是绘图者故意引导我们绕圈，希望我们在路上看到什么暗示？我们在沿途有没有看到什么可疑的东西呀？"

"火山、悬崖和峡谷。"球恰尖声回答。

"这些都不是。"猫侦探摇晃着爪子说，"我们沿途可能遇到过什么提示牌，只是我们没有注意罢了。因为道路一般不会无故修得这么错综复杂！"

"如果你说的是石头上的那些字，那我已经都拍下来了！"苦大哈喊道。

胸有成竹：原指画竹子要在心里有一幅竹子的形象。后比喻在做事之前已经拿定主意。

猫侦探为自己的预见而高兴，他揉搓着爪子说："完全正确！就是石头上的字在提示我们。快把照片拿过来！"

苦大哈从包里倒出一堆照片，猫侦探把它们逐一铺在草地上。

就科利亚在科利亚琼枝科利亚玉树科利亚头科利亚，要科利亚为科利亚东家科利亚找科利亚入口科利亚。

阳光科利亚初照科利亚遍地科利亚流科利亚，大门科利亚立刻科利亚就科利亚开锁科利亚。

棕色科利亚朋友科利亚喜科利亚相逢科利亚，平面科利亚猫儿科利亚搭把手科利亚。

爪子科利亚触碰科利亚相科利亚弥合科利亚，绿色科利亚好友科利亚乃科利亚良朋科利亚。

"嗯，这不是一目了然了吗？"乌古哈表现出一副什么都懂的样子，实际她什么也没看明白。"下一步干什么呀？"

"我什么都没看明白，"布拉卡诚实地承认，"我不懂月球语言。"

"我们也是！"老鼠们尖声说。猫侦探达芬奇给朋友们递了个愉快的眼神："这不成问题，我是天才的教育家，三分钟教会你们月球语言。"

真正天才的密码！

我们学习月球居民的语言！

我们事先想出正常的句子：

赋仔喜欢西红柿

现在我们在每个词之后加“科利亚”
这样就变成：

赋仔科利亚喜欢科利亚西红柿科利亚

密码准备好了！

现在谁也猜不到你写的是什么。

自己想一个句子，

然后填上今天学的这个密码！

动物们立刻就把那段奇特的话翻译过来了，内容如下：

就在琼枝玉树头　要为东家找入口

阳光初照遍地流　大门立刻就开锁

棕色朋友喜相逢　平面猫儿搭把手

爪子触碰相弥合　绿色好友乃良朋

“纯粹胡说八道！”乌古哈皱着眉头说，“什么样的入口会在树冠之上？什么是绿色朋友啊？这里又有爪子什么事呀？”

“这些话的结构的确有些不对头，”猫侦探说道，“可是我觉得我们已经看到了提示。”

“在哪里？”

“在门上。让我感兴趣的是门上的字，为什么不像**约定俗成**的那样横向写，而是竖向写。我认真思考以后得出了结论，这些竖向的字是每一行句子的开头，需要把它们分别补充完整。

猫侦探拿起铅笔，走到门前，认真地研究这几个字。

约定俗成：指事物的名称或社会习惯往往是由人民群众经过长期社会实践而确定或形成的。

“我们有没有以‘阳’字开头的一行字？”猫侦探询问。

“有！”老鼠们一起尖叫。

猫侦探在门上写出来一个句子。

“有以‘平’字开头的吗？”

“也有！”

几分钟之后，门上就出现了神秘的寄语诗句。

猫侦探写完了最后一句就开

始朗诵这首诗。老鼠们静止不动等待着，可是，什么事也没发生。

“门怎么还不开呀！”乌古哈叫着，“你们是不是又在胡说八道啊。”

“完全不是胡说八道！”穆拉扎福卡打断她说，“我们达芬奇知道应该怎么做！”

“门不开是因为这只是设计的一部分。现在我们需要找到‘平面猫’，和他‘握手’。”猫侦探解释道。

“没有这样的猫！”乌古哈固执地说。

“会有的！”阿加西反对她说。“你看，那里，在小广

场上就有一幅猫画像，画得非常平整！”

猫侦探走到画像前，抬起爪子，他的影子倒映在小广场上的猫画像上，竟然完全重合，不差分毫。

这时候奇迹出现了，那个神秘的房子被激活了，门窗周围的彩带闪烁着火花，响起了神奇的音乐。大钟下面主塔里的小门开启，从里面跳出几个玩偶，它们愉快地唱歌跳舞。

歌声一停，马上从塔顶放射出五颜六色的光柱，在空中闪烁旋转。

“乌拉！礼花！”老鼠们跳起来了。

这时房子的窗户一扇接一扇地打开了，入口的大木门也敞开了。

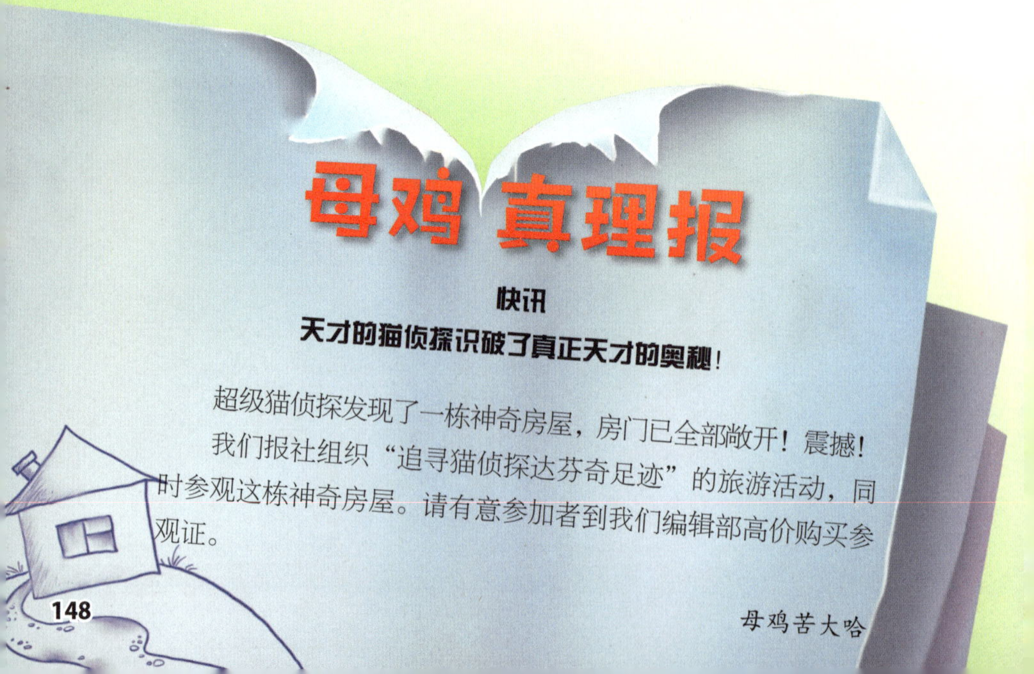

母鸡真理报

快讯

天才的猫侦探识破了真正天才的奥秘！

超级猫侦探发现了一栋神奇房屋，房门已全部敞开！震撼！我们报社组织“追寻猫侦探达芬奇足迹”的旅游活动，同时参观这栋神奇房屋。请有意参加者到我们编辑部高价购买参观证。

母鸡苦大哈

100
81
0

第十八章
贼仔归来！

因怕蛇，
不敢进！

“请站住！”正当动物们冲向大门时，穆拉扎福卡突然喊了一声，“你们不怕白白送死吗？”

“这是什么意思？”乌古哈生气地问。“别吓唬我们，说清楚是怎么回事！”

“我知道谁在这里居住。”花猫小声说，“蟒蛇在这里住，他把动物引诱进去以后就吃掉！”

“噢，恐怖！”苦大哈捂着心脏叫了一声。

“我不进去了！”布拉卡跳到一边说道。

“我怎么没想到呢！”皮克拍了一下自己的脑门说，“还是刺猬明白，不会有谁无缘无故建造一栋这么漂亮的房子。”

“哦，不对，我什么都不明白！”阿加西全身的针刺都竖起来了，“另外我也不怕什么蟒蛇，我不进去是因为那里没有蘑菇。”

猫侦探做了决定：“既然这样，我们采取另外一种方式。我只身进入虎穴，我有百倍信心。即使遇到蟒蛇，我也会和他达成协议！为了以防万一，你们都先躲到树后面去。”

“我们不能让你单独进去！要是你一去不复返该怎么办呀？”布拉卡差点儿哭了。

“别丢下我们，达芬奇！”老鼠们朝他跑过去。

“我和你一起去！”穆拉扎福卡要求说，大家都用惊奇的眼光看着她。“猫侦探把我从凶恶的贼仔手里救出来，我欠他一条命。来，猫侦探，我带一张大网用来扣住蟒蛇！”

“好！”猫侦探答应了，“这样我可以腾出精力安心寻宝了。”

动物们都躲到树后面去了，达芬奇和穆拉扎福卡朝神秘房屋走过去。

他们刚一进门，贼仔及其同伙们就推着小车出现在房子附近，布布沙被关在小车上的笼子里。实际上只有狗熊傻东在推车，奇力克坐在它的肩膀上，正对着他的大耳朵说悄悄话儿。

猫侦探不知不觉地走进了一个空旷的大厅，周围漆黑一片。天花板上用两根绳子吊着月亮模型，模型上画着月亮上的城市，墙上挂着雕刻的画框。达芬奇惊奇地发现有的画画的是阿加西和乌龟萨维。玻璃灯泡下的小圆桌上摆着各种神奇的玩意儿。

“哎呀！”穆拉扎福卡指着挂在壁炉上方的一幅巨大肖像，上面画的是头戴学士帽的猫侦探达芬奇，他爪子里拿着两个玻璃瓶，里面装着绿色和紫色的东西。穆拉扎福卡用警告的语气向猫侦探宣称：“蟒蛇画的这些动物都是他要吃掉的。”

这时一只小青蛙出现在宽大的楼梯上，他看到达芬奇后本想愉快地“呱呱”叫一声，可是这“呱呱”声突然变成了惊恐的叫声，因为他看见穆拉扎福卡举起网扣住了猫侦探。

这时发生了可怕的事情，贼仔闯进来了，并且立刻“啪”的一声关上了大门。

青蛙急切地在原地走来走去，最后一下子钻到了厚重的帷帐下面，这个帷帐后面是一扇暗门。

我们来画一画

闲暇无事的老鼠

自己画一只老鼠吧!

“哈哈哈！”贼仔大笑着靠近猫侦探，“落网了吧？”

“这是怎么回事？”猫侦探很失落地说，“穆拉扎福卡，把网拿开！”

“她不会听你的，”贼仔继续哈哈大笑，“因为我是阴险之王，这是我事先策划好了的，穆拉扎福卡是我的同谋！”

“你背叛了我？”猫侦探惊愕地小声说。

穆拉扎福卡递给他一个眼神作为回答。

“我曾为你**舍生忘死**，你却**以怨报德**！我为你在悬崖边上打架，把你从沼泽地里拽出来，最重要的是我曾经信任你！看来，你是暗中使坏，早有预谋呀！”

“这是什么臭猫的甜言蜜语呀！”贼仔唾弃道，“听着都恶心！是我第一个找到这栋房子的，因为我给图纸拍了照片，现在一切都要按我的想法做！起初我没办法进门，我以为开门的钥匙在萨维那里，后来我醒悟了，你是唯一能破解出这个秘密的，所以我就在这里等着你来给我打开

舍生忘死：形容不顾性命危险。

以怨报德：用怨恨来回报别人的恩惠。

通向珍宝之门。”

“那你为什么还想偷走我们的图纸呢？又为什么抓穆拉扎福卡做人质呢？”

“我不得不假装劫持，否则你们揭穿她以后，我所有的计划都得泡汤。我塞给你们的图纸不是伪造的，是简化的！按照那份图纸更容易来到这栋房子，是我专门画的，想让你们不走那么多冤枉路。”

“可是那张图纸上只有一个三角形和一个四方形啊！”猫侦探喊道。

“其他的我也不会画，”贼仔冷笑，“我又不是从月亮上下来的！没跟天才们学习过绘画！这些我也不需要！现在我是这栋房子里的无数珍宝的持有者！我是一把手！给猫侦探脖子上戴个脖套，嘴上戴个嘴套，鼻子上套个袜子！”

“套个袜子是为什么呀？”穆拉扎福卡觉得出乎意料。

训猫计划

聪明的
头猫为贼仔所用
袜子
脖子上的
坚硬脖套
普通尾巴
被凶恶的贼仔训练好的猫侦探
啦啦啦！
看吧，我是这样做！
我就能这样干！
我专横跋扈，是超级坏蛋！

“我想给他戴什么就戴什么，现在他是我的猫侦探，他的一切天才创造都要为我所用，为贼仔奇卡所用！这是我妈妈在我小时候对我的爱称。一切都结束了！我说过了，我现在有很多钱和头脑，从这一刻开始你们都是我的奴仆！夏天带我去公园玩耍，冬天带我去滑冰！”

“做梦，妄想！”穆拉扎福卡发火了，“我从来也没给谁服务过！顺便说一下，猫侦探比你好一百倍！他善良！他对所有动物保证说要共享珍宝！”

“闭嘴！”贼仔暴怒起来，“我要把你……你知道我要怎么做！”

“不许碰穆拉扎福卡！”猫侦探勇敢地保护花猫，试图撕破那张网，“你胆敢动她背上一根毫毛，你将追悔莫及！我的朋友们马上就会冲进来，你不会有好下场的！”

“你的朋友们早就被赶进笼子里关起来了，傻东和他们在一起，所以你根本就干扰不了我，你这傻猫！”贼仔又笑起来，“现在我抓住你的穆拉扎福卡并且吃掉她，让你们知道和我顶嘴的后果！”他龇着一口黄牙说。

噢，贼仔真不应该干这样的事！

穆拉扎福卡拱起背发出“嗞嗞”的声音。

“我现在就把你吃掉！”坏蛋警告说，“让达芬奇痛苦去吧！我喜欢看别的动物受折磨哭鼻子！”

穆拉扎福卡伸出了爪子。

这时猫侦探使出了拔山扛鼎之力，大喊一声把网撕破，冲出来直奔贼仔而去："我不允许你欺负穆拉扎福卡！"

门突然从外面被撞倒，寻宝团队成员带着布布沙和傻东冲进来了。

贼仔蒙头转向，急得绕起圈来："怎么回事！是谁把你们从笼子里放出来的？是谁不拿我当回事？"

"是我放的他们！"麻雀奇力克从门外进来。

"这是为什么？"贼仔惊讶地问，"我已经制订了完美的计划，现在都被你这个可恶的麻雀给搞砸了！"

"我不是什么可恶的麻雀！我根本就不是麻雀！"奇力克摘下眼镜和假嘴。

"扑通"一声，母鸡苦大哈失去知觉跌倒在地。"我是勇敢的记者布罗依列尔，我潜入贼仔团伙是为了获得新闻报道的素材。我悄悄说服了傻东弃暗投明，站到我们这边。"布罗依列尔骄傲地"咯嗒咯嗒"说。

"我的同伙欺骗我！**是可忍，孰不可忍！**"贼仔在房间里疯跑，推翻了家具，随后又跳到墙上，用爪子抓猫侦探达芬奇的画像。画像摇晃着掉到地上，扣住了贼仔的头。

画像后面是壁龛，里面有两个和画像上一样的玻璃瓶闪闪发光，瓶子后面有一页纸，是一封信。

动物们目瞪口呆，把贼仔都忘了。猫侦探把这封神秘信

是可忍，孰不可忍：是，这个；孰，哪个。如果这个都可以容忍，还有哪个不可容忍呢？意思是绝不能容忍。

热烈欢迎！
猫侦探
猫侦探
达芬奇
天才
噢，天才的猫侦探啊！
快把隔板上的绿瓶取下，
把里面的东西倒在头上。
你会心知肚明一刹那。
猫侦探
恢复
记忆
药剂
失忆
药剂

件翻译过来。

“奇怪……”达芬奇嘟囔着，“谁会知道我要来这里呢？为什么我要往自己头上倒绿瓶子里的东西呢？这都是谁设计的呢？”

“很清楚是谁，是贼仔！他想毒死你！”乌古哈说出她的猜疑。

“这有可能是染毛刺用的颜料？”阿加西推测道，“我好像很久以前在一只老鼠那里看见过，不知道他怎么弄的，反正我的毛刺到现在还是紫色的！”

达芬奇走到壁龛前，从里面拿出了绿色的瓶子，瓶子上写着：想起我所希望的事。

这时候苦大哈醒过来了，朝布罗依列尔扑过去：

“我亲爱的布罗依列尔！我是多么痛苦！你跑哪里去了，这封可怕的信是什么意思啊？”

布罗依列尔看了一眼便条，“噗嗤”一声笑了：“完全是胡说八道！”

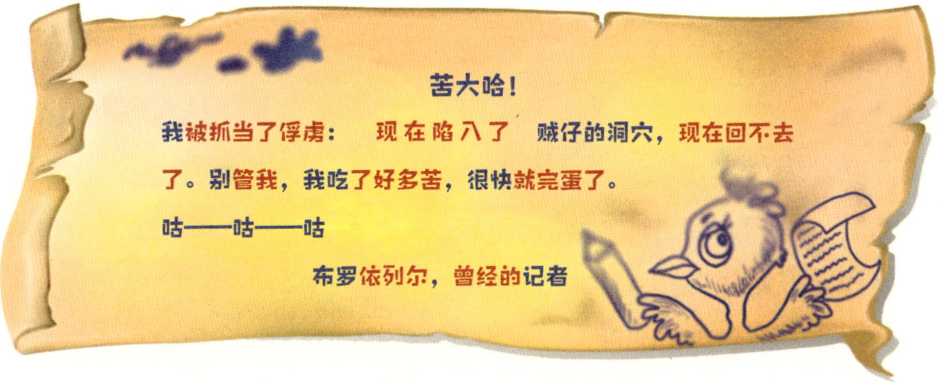

他把纸上的红色字母擦掉，在空白处写上了另外一些字。苦大哈读完后，眼泪顺着嘴角往下流。

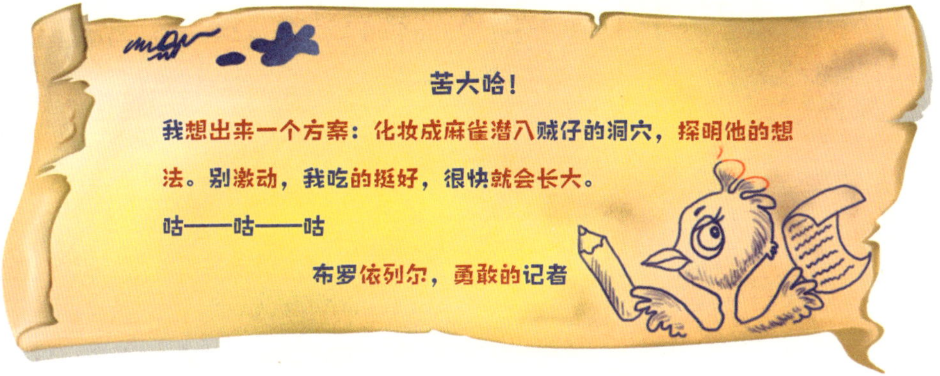

“哎呀，我亲爱的小雏鸡！”苦大哈这才说出一句话来。

贼仔从画底下爬出来扑向猫侦探，“不要打开瓶子！那里装的是剧毒！你会变成蟾蜍！”坏蛋拽着猫侦探的尾巴说，“我当初想毒死你，现在我弃恶从善了！相信我吧！”

“别听他胡说！”松鼠喊道，“贼仔想让你相信他的话，然后把瓶子里的东西倒在自己身上！”

“我不会这样做，我要先搞清楚里面装的是什么。我建议做一个试验！我们应该……”

“啊——啊——啊！向左转！我们能搞明白！刹车！”从外边传来一声喊叫。

动物们刚从门旁闪开，就有一辆奇怪的车子开进来了。车子很像半个球体下面装了四个小轮子。史木茨和真尼手拉着手坐在上面，他们声嘶力竭地喊：

“看着点，你这是往哪里开呀！把脑袋伸出来！刹车！啊——啊——啊！”这个与众不同的交通工具撞倒了猫侦探后冲进了壁炉。

猫侦探摔倒在地板上，绿瓶子打破了，从里面流出一团闪光的烟雾，像一绺绿色的头发围绕他旋转。

贼仔趁着一片混乱之际，急忙向门口跑去，但是被傻东抓个正着。

“你想逃跑？办不到！先让猫侦探对你进行再教育，然后你再跑，想去哪里都行。”傻东看着猫侦探呆头呆脑地说。

猫侦探挥动着爪子，可是这些烟雾围绕着他，转动得越来越快。

第十九章
蟒蛇之谜

我们的猫侦探跌入龙卷风！
不必飞走，没有必要！

猫侦探觉得脑子里像刮台风一样。绿色烟雾一直在缭绕，周围还浮动着小星星，鼻子痒得要命。他打了个喷嚏，绿色的烟雾散得一干二净，就好像从来没出现过一样。

“你一切都正常吗？这团烟雾是什么东西呀？”球恰在

猫侦探身边忙乎着。

“蟒蛇！蟒蛇！你在哪里？”达芬奇抓着自己的脑袋嘟囔着。

“看见没有，猫侦探变成蟒蛇了！”贼仔在傻东的熊掌里挣扎。“我们快从这里逃跑吧，趁现在他还没把我们吃掉！啊——啊——啊！这是什么呀？”

贼仔看见一支大火枪从门口伸进来，吓得大声尖叫。火枪像活的动物一样蹦到屋子里，对准贼仔，用颤抖的声音大声喊：“呱呱，举起爪子！都离青蛙侠远点！我要开枪了！呱呱！”

“喵！”穆拉扎福卡叫了一声躲到猫侦探身后去。

“蟒蛇！”猫侦探大喊，朝火枪伸出爪子，“不要害怕，这是我的蟒蛇，他是来救我们的！可是现在已经不用救我了，贼仔已经不再为非作歹了。”

阿加西想对猫侦探说这个家伙胡说八道，这时他看见在火枪底下有一只小青蛙在蹦，阿加西惊呆了，他怎么能有这么大的力气把如此重的火枪拖进来！青蛙把火枪放到地板上，高兴地围绕着猫侦探又蹦又跳：“呱呱！呱呱！青蛙高兴！猫侦探抓住了贼仔，现在回家来了！”

“你是不是可以说说，这里发生的是什么事呀？”乌古哈从椅子底下爬出来，气喘吁吁地说。

“当然可以！”猫侦探现在感觉非常好，已经准备好开始讲解发生的一切。

“我想给大家介绍我的朋友蟒蛇，是他的肖像画装饰着布谷鸟博物馆。”

于是猫侦探举起青蛙，让大家好好看看他。

“哈哈哈！”乌古哈酸溜溜地大笑，“猫侦探，你也太能开玩笑了！”

“呱呱！这些都不是玩笑！”青蛙“呱呱”地说，“猫侦探是在沼泽里发现我的，当时我还是一只小蝌蚪，非常难为情，可是猫侦探却说我像蟒蛇一样漂亮，所以就叫我蟒蛇。我没变成青蛙时非常幸福，现在我还有些不好意思呢。”

“你不是什么青蛙，你是一条真正的小龙，是一条绿色的、仪表堂堂的小龙。”猫侦探鼓励他说。

“我一点儿也没搞明白，你出什么事了？”球恰追问。

动物们都静静地等待猫侦探的回答，因为他们也被搞糊涂了。

“我一切都好，甚至是更好！我找到了自己的家和蟒蛇，还恢复了记忆。我很早以前发明了这种烟雾，它是用来恢复记忆的。”

“难道你也有失忆的情况吗？你是天才！怎么会发生这样的事呢？”

“这个我以后说给你们听，”达芬奇保证说，“现在需要把一切复原。阿加西，到我这里来！”

达芬奇把青蛙放到地板上，朝阿加西弯下身子。他把针刺扒拉开，从里面取出一个紫色的小瓶子。从拧得不太紧的盖子里飞出一些紫色的火花，在阿加西面前闪动。阿加西抽动着鼻子，突然皱起了眉头，胆怯地看着周围。

“我这是在哪里呀？”他惊讶地问。

“这就是刺猬一直失忆的原因！”达芬奇喊道，“贼仔从我的实验室里偷走了清洗记忆的药剂，然后放到阿加西的针刺里。”

“我这是在哪里呀？”阿加西又问了一遍。

“你是在我家里，亲爱的聪明的阿加西！”达芬奇说。“现在，你一切都会想起来的！”

猫侦探走到小壁龛前，从那里拿出一个绿色小瓶，在阿加西身子上面打开。一团绿色烟雾转动起来，一分钟后，阿加西用另一种声音喊：

“太恐怖了！我把一切都搞砸了！这是我的错！都怪这个贼仔，如果不是他往我的针刺里放了一个瓶子，我任何时候也不会做这些事的！”

“少安毋躁，”猫侦探让他别说了，“一切都过去了，我们找到了我的家，我们也抓住了贼仔。”

“太美妙了！简直是个奇迹！”从壁炉里传出赞叹的声音。

真尼跳到地毯上，一边抖

动羽毛一边说："为什么我总是遇上这些糊涂事呢？我开音乐会用的钢琴在哪里呢？我怎么啦，是闲着没事干来这里吗？"

"我那两口袋钱在哪里呀？"和真尼一样脏兮兮的史木茨站起来说。

"对呀！珍宝、金钱和宝石都在哪里？"乌古哈支持他们说，"这不会是骗局吧？根本就没有什么珍宝吧？"

"珍宝是有的！"猫侦探达芬奇高兴地告诉大家，"我开始建这栋房子的时候就发现了整箱珍宝，我愿意和大家分享这些珍宝！但是，为了拿到这些东西，我需要乌龟萨维。如果我现在知道他在哪里就好了！"

"那不是他吗，卡在壁炉里了！"真尼讥讽地哼了一句。

壁炉里一片漆黑，动物们凝视了一会儿才看见萨维微笑的脸庞。

"你们是骑着萨维来的吗？"布拉卡扬了扬眉毛说道，"他难道能跑这么快吗？"

"不能，"从壁炉里传出声音，"所以我在龟甲上装了轮子。奔跑是没问题了，不过刹车还要进一步改进才行！"

"萨维，我忠实的朋友！你不在时我多么想你呀！"达芬奇帮助乌龟从壁炉里出来，"我们先送给每一位动物一颗钻石吧？"

"当然，"萨维高兴地说，"我整天带着它们早就厌烦了！"

最具独特性格的朋友乌龟，
也是最可靠的保险柜
和最好的朋友！！
萨维
超级保险柜
骨制的
专用保险柜
跳吧！跳吧！
啦——啦——啦！！

萨维用右爪子敲击侧面的龟甲，龟甲张开了，龟甲壁上闪烁着上千个小火星。原来乌龟的龟甲里装满了钻石和其他贵重的宝石。

“离开家的时候，我请萨维做我的临时保险柜，以防贼仔得到珍宝。现在我把珍宝都送给你们，拿吧，想要多少拿多少。”

每一个动物都拿了一颗宝石，达芬奇继续说：

“此外，我还给每位都准备了一份礼物！”

他离开大家去到隔壁房间，能听到达芬奇在那里挪动家具的声音，当他重新出现在门槛上时，爪子里拿着一个大盒子。

“惊喜！”超级天才宣布。

贼仔紧紧地抓住傻东，以为大家要把他当家养的宠物一样放到盒子里，但是他想错了。

“乌古哈，从你开始。”达芬奇把盒子放到地板上，从里面拿出一个金制仪器，“这是印书机。你从这个专门的输入口把白纸放进去，从另外一边的输出口就会出来著名作家的书，全部都印刷好了，还带有精美的插图。”

“啊哈！”猫头鹰扇动了一下翅膀，“你有自动咖啡机吗？”

“有。”猫侦探点头，“说实在的，不是机器，是贼仔。怎么样，贼仔，去给乌古哈煮咖啡吧？她可是马上就要成为我们这里的著名作家了！”

“我永远都不会去！”贼仔骄傲地转过头，拒绝了。

“那就帮我送报纸吧。”穆拉扎福卡摇着尾巴，走到猫侦探面前，拉住他的爪子：“你好，猫侦探，请原谅，我的表现太不好了，都是因为贼仔欺骗了我。他说，你是危险的罪犯，而他是侦探，正在侦查犯罪案件。我是一个容易轻信的猫，所以马上就相信了。现在看来，是我错了。”

“算了，都忘掉吧。”猫侦探宽宏大量地说。

乌古哈推开穆拉扎福卡，拿起印书机，一分钟后她翅膀下面出现了一本已经印好的书，名字是《猫侦探　破解名画之谜》。

“给真尼的礼物藏在房后的灌木丛里，真正的十五踏板三角钢琴。”

“大棒了！无与伦比！”真尼评价道，“达芬奇，你想不想和我一起参加商业演出？”

“他不想！”老鼠们齐声尖叫，“他是我们的猫侦探！”

其他动物也都收到了神奇的礼物，都是平时他们梦想得到的东西。

动物们欣赏着自己的礼物，同时还互相展示。傻东得到了一桶蜂蜜，立刻把贼仔放开了。贼仔也正等着这个机会呢，他拿起一块宝石就朝墙壁跑过去。他沿着窗帘敏捷地往上爬，然后一下跳到挂在天花板上的月亮模型上。

“好了，一切都结束了，猫侦探，和生命说再见吧！”

贼仔嘟囔着，同时用尖锐的牙齿咬住一根连接的绳子。

这时响起了“噼啪”的断裂声，月亮模型开始在动物们的头顶上摇晃。

“是贼仔！”穆拉扎福卡大喊，看到坏蛋又开始咬第二根绳子。

“啊——啊——啊！”乌古哈惊慌地跳到壁炉里去了。

猫侦探明白，如果月亮模型掉下来就会砸到他的朋友

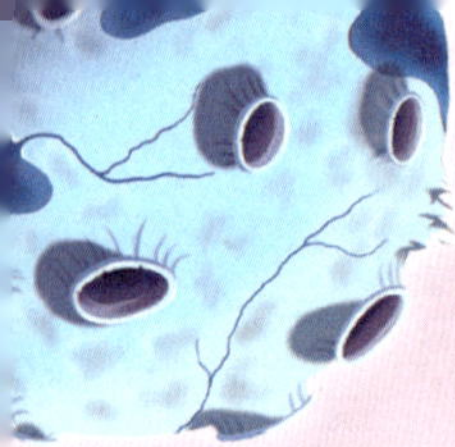

们，应该马上制止坏蛋的行为！猫侦探把爪子里的东西朝贼仔扔过去，正好是那个他刚刚从刺猬阿加西的针刺里找到的紫色瓶子。

瓶子正好落在贼仔的头顶上，他吐出嘴里咬住的绳子，开始在紫色烟雾里转圈：

“我会报仇的，猫侦探！我报仇的方式将是非常可怕的，说出来都吓死你们！”

一秒钟后，贼仔从上面微笑着滑下来，就和阿加西以前一样：“你们都是谁呀？”

这时大家看到了一个不皱眉头，不龇牙咧嘴的，看起来有点儿可爱的贼仔。

“他失忆了，什么都忘记了。”乌古哈确认道，一边抖落着身上的灰尘。

“这很好啊，他不会再做坏事了。”布拉卡说着赶紧躲开乌古哈。

贼仔看了看自己的爪子后惊讶地问：“我是谁呀？”

“你是一只善良的好老鼠，是这几只可爱的小老鼠的叔叔，他们都爱你！”达芬奇对他说，并给朋友们丢了个眼神。

“那我叫什么名字呀？”

“你的名字是皮帕！”乌古哈想出来一个名字，“为了纪念一个瘦小，但是很会干坏事的佣人。”

“现在所有的事情都处理完了，到了应该把事情从头讲起的时候了。”猫侦探达芬奇宣布。所有的动物都兴奋地大声喊叫起来。

“重大新闻要破壳而出了！”苦大哈和布罗依列尔同时小声说。

谁不读报纸，谁就休息吧！

母鸡真理报

贼仔忘记了自己愚蠢的过去，变成了善良的老鼠！而猫侦探达芬奇和刺猬阿加西正好相反，他们都回忆起了自己辉煌的过去。大家都很幸福！

天生就不会飞的动物总是在想，怎么样才能让大家相信他会飞，只是不想飞而已呢！

母鸡苦大哈

天才

第二十章
贼仔对一切都难辞其责

诸位聚此非偶然，
秘密公开在眼前！

壁炉里火光熊熊，动物们都坐在舒适的软椅上，准备聆听惊奇的故事。贼仔给大家拿来饮料，然后开始打扫房间。苦大哈打开口述录音机，布罗依列尔翻开记事本。布拉卡屏住呼吸，尽量不敲打尾巴。猫侦探站在壁炉旁边。青蛙蟒蛇幸福地微笑着坐在猫侦探身旁的地板上，这是他生命中最幸福的一天。达芬奇像在舞台上演讲一样挥动着爪子说：

“这是一个非常惊险和神秘的故事，在贼仔偷窃《蟒蛇的微笑》之前很久就开始了！”

“谁是贼仔？”贼仔无忧无虑地挥动着扫帚问道。

“这是另外一个故事。”猫侦探模棱两可地**搪塞**过去，

搪塞（sè）：敷衍，不负责。

老鼠们则哈哈大笑。“那时候我和蟒蛇住在这栋房子里，做飞往月球的准备，想去那里拜访我的天才朋友们：毕·毕加索，米老鼠毛斯·朗琪多，巴·巴赫，帕盖·尼尼和其他的天才们。为此，我和阿加西专门制造了一个月球飞行器。但是，贼仔偷听到了我们的计划，他想偷走这个飞行器，自己飞往月球！”

贼仔突然站住了，出其不意地自言自语：

“月亮是一块奶酪，你可以吃，也可以不吃。”

“看吧！”超级猫侦探意味深长地使了个眼色，“难道，作为一个天才，我能视而不见吗？当然不能！我把月球飞行器锁在储藏室里，钥匙藏到在池塘漂浮的玩具小船里。”

“英明！”阿加西喊道，“达芬奇谋划这件事的时候，我正在给栅栏刷油漆，当时我还想……”

“别掺和！让我们好好听讲！”乌古哈打断他。

“后来怎么样了？”穆拉扎福卡催促达芬奇。

“贼仔偷偷溜进房子里，但是没找到月球飞行器。黑暗中他把我的最新发明——神奇的烟雾剂偷走了，这种烟雾剂可以洗掉记忆，也能恢复记忆。我发现这个药剂丢失后很沮丧，担心贼仔会伤害到动物城里的动物，所以我决定要从他那里把药剂拿回来，就出发去追寻他的足迹。”

“这时我又加入进来了。”阿加西又打断猫侦探，“我想，要是贼仔用这个失忆烟雾剂对付达芬奇怎么办？要是那样的话我们的天才就不能回家了呀。”

猫侦探点头：“所以我们就决定搞一个保护措施。我画了一幅画，在画里把我家的地址编成密码，然后挂到布谷鸟博物馆里。我是这么想的，如果我失忆了，那当我走进博物馆的时候，那幅画会帮助我恢复记忆。阿加西不经意把这个秘密告诉了一只什么鸟儿，说画里藏着秘密，这只鸟儿就把这件事当新闻公布于世了。”

苦大哈突然脸涨得通红，开始咳嗽，搞得布罗依列尔给

她捶了半天背。咳嗽止住以后，她不知道为什么说了一句：“母鸡不是鸟儿。”

“贼仔信以为真，所以就想去偷画。我跟踪他，差点儿就在博物馆里把他抓住了，但是狡猾的贼仔把一瓶紫色烟雾剂倒在我头上，接着我的记忆就变得模糊不清了，直到天黑我还在街上逛，想搞清自己是谁，在这里干什么。可是，对于过去的生活，我只记得翅膀，希望翅膀能帮我搞清楚这一切，所以夜里我就爬到悬崖上开始飞行……等我醒来时已经躺在老鼠们的家里了。”

“是这样的！”老鼠们齐声尖叫，“你是从月亮上掉到我们家里的！”

阿加西已经忍不住跳起来好几次了，最后终于插上话，他说：“我到处寻找猫侦探，在森林里游荡了很久。一天夜里撞见了贼仔，他就把我弄失忆了！这就是全部过程。我在路上走着，路过我不久前刷过油漆的栅栏，那里……”

“是谁在石头上写的字？”布拉卡很想知道。

“是我写的，”猫侦探说，“那是在制作完那幅画以后。我当时想，翻译变成密码的诗句也能帮助我打开房门。”

“天才！”乌古哈夸奖道。

“可是你房子的地图是怎么跑到乌古哈的首饰匣里去的，还被她当成从曾祖母乌哈·乌哈·乌古伯爵夫人那里继承的遗产？”聪慧的苦大哈问。

乌古哈的羽毛都竖起来了，好像谁在指责她偷盗一样，

我们亲爱的
好猫侦探！
呱呱叫的青蛙！

她不情愿地承认说："那个首饰匣是刺猬给我的，他当时什么都不记得了，把自己的东西左撒一把，右撒一把地到处扔，趁他还没弄丢所有东西之前我就向他要了这个首饰匣。我根本不知道里面有地图！关于曾祖母，是我杜撰出来的，目的是让大家尊重我。我后来上百次地后悔拿了这个首饰匣，如果不是猫侦探救了我，真不知道我会出什么事呢！"

"是的，我们的猫侦探达芬奇是真正的天才！"布拉卡兴奋地说。

"你现在找到了自己的家，是不是要离开我们呀！"皮克痛苦地尖声说着，一下子扑到猫侦探身上搂住他的脖子。球恰和布布沙也扑了过去。

达芬奇笑了："你们怎么了，朋友们！难道我能和你们分开吗？我们已经紧紧地捆绑在一起了！我们在英勇的行

动中得到了足够的锻炼，真正冒险的时刻已经到来了！我们需要飞往月球，去见那里的天才们。”

“我们呢？我们也想飞上月球！”史木茨用期待的目光看着达芬奇。

“我把大家都带上！”猫侦探保证说。

“乌拉！”大家都激动万分。动物们兴高采烈地围绕着猫侦探，开始拥抱他，又兴奋地互相握爪子和翅膀。

贼仔也非常高兴，用汤盆给大家端来了热牛奶。他非常想证明自己是一个非常好，并且有责任心的动物，所以他又

拿起扫帚扫地。这时，发生了一件意想不到的事，当贼仔扫到那个装过绿色烟雾剂的空瓶子时，他捡起瓶子，用鼻子把瓶子底上剩余的闪光烟雾剂吸进去了……一切都回忆起来了，他愤怒得全身颤抖。

“要把贼仔变成佣人？妄想！办不到！”贼仔悄悄地爬到外边，立刻朝池塘跑去，找到小船，拿出钥匙。“一帮蠢材！”他恶狠狠地骂着，打开了通向储藏室的铁门。

储藏室里面摆满了技术设备。贼仔围着一个顶部是圆锥体的铁柜走了一圈，带着胜利的喜悦，这个小坏蛋嘿嘿笑着打开了小门钻到里面去了……

***

夜幕降临，动物们都安静地聆听着达芬奇的讲述，谁也没注意到森林上空升起了一艘闪光的火箭，火箭的侧面上写着：地球——月球。

故事继续……

科技作业　组装火箭

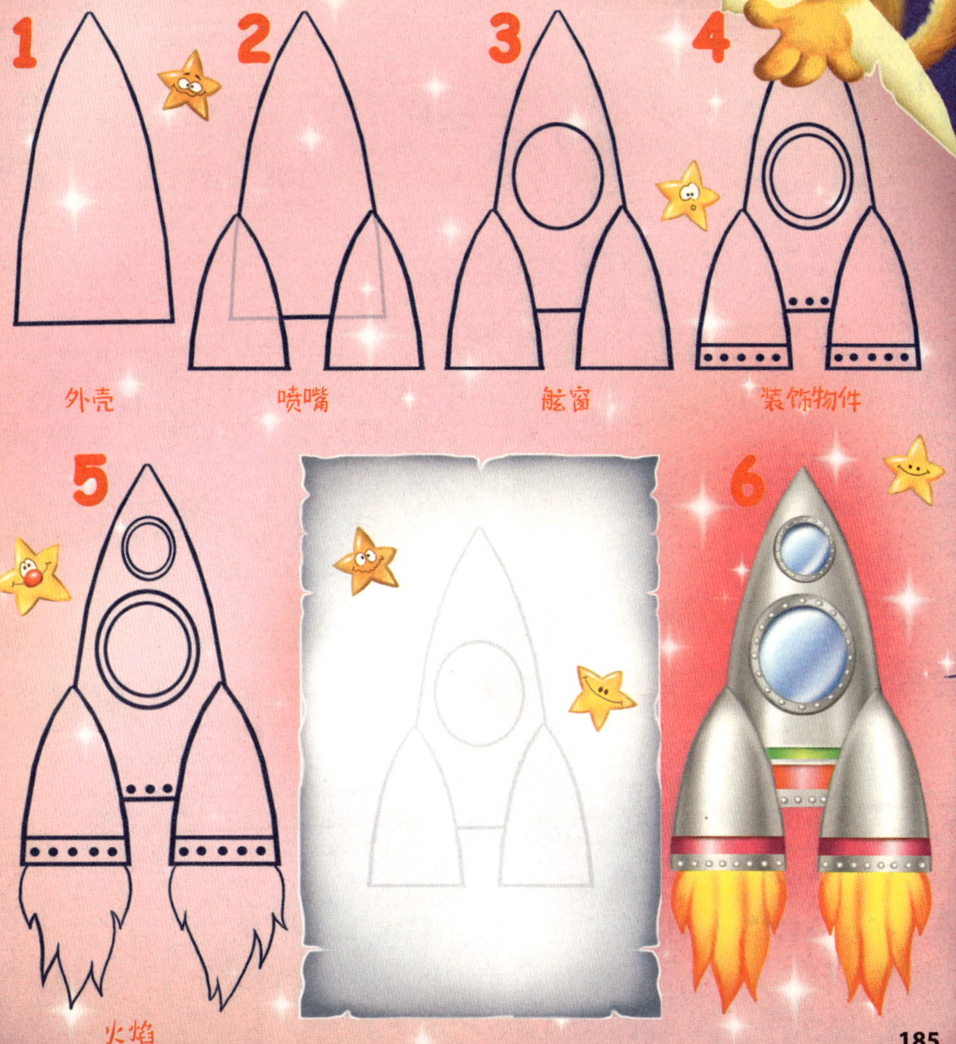

我不比别人差，
亲爱的朋友们，
来日方长啊！
就算不是此刻，
你一定会爱我。

每只动物身体里，
都有贼仔在絮叨。
尽管亲疏不相同，
朋友兄弟或亲戚！

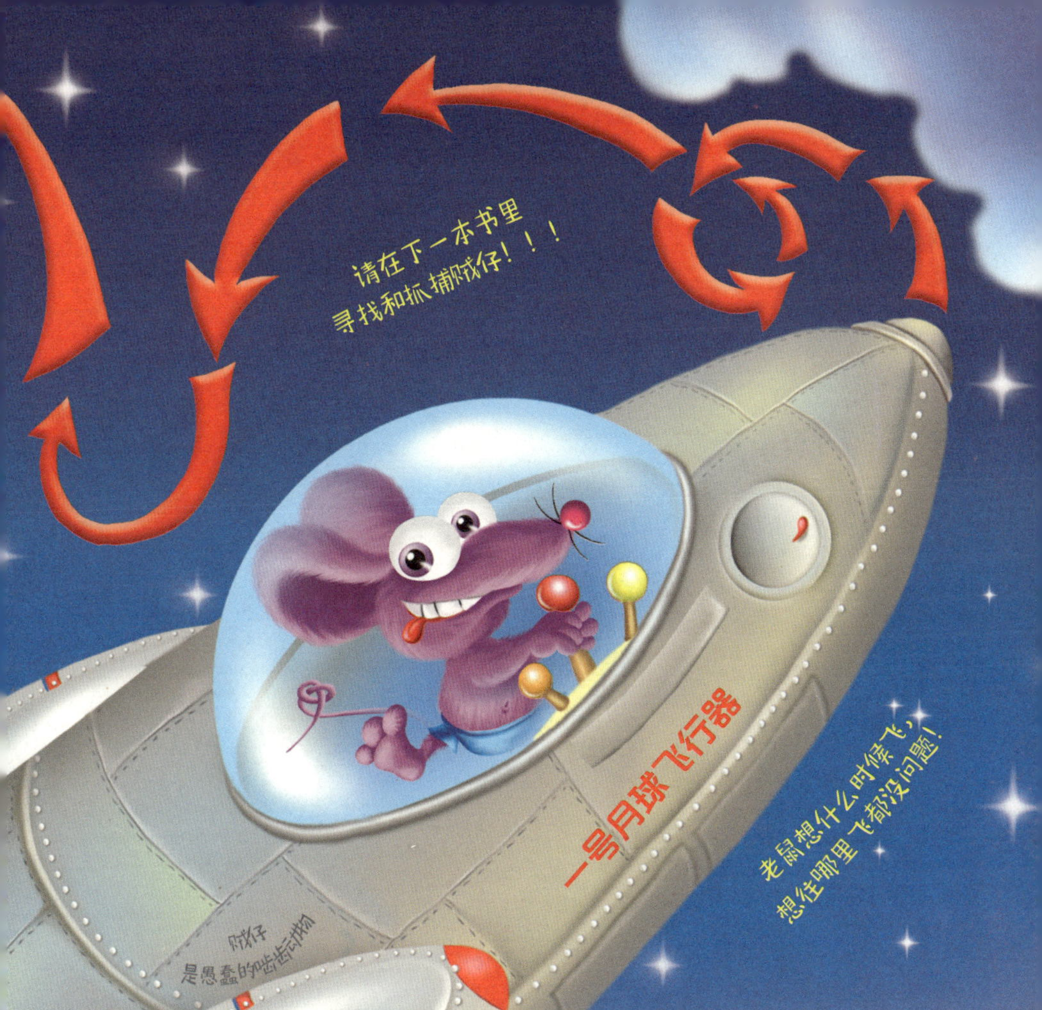

可能我会抱委屈，
别拿这些当事记。
花枝招展任逍遥，
尾巴茸茸花结俏。

与胶皮套鞋比较，
我肯定优秀不少。
我的歌喉不沙哑，
不像喇叭那么吵。

图书馆
电视塔
我在这里干什么呢?
动物园
原仓鼠库西雅
皮克
布布沙
我想重新
写一下歌曲

普通住房
刺猬的宫殿
面包店
学校
球恰
猫侦探达芬奇

侦探技能

1. 掌握多种语言。侦探推理的过程中，线索可能会以多种语言甚至符号的形式出现，比如英文、法文等，这个时候就需要侦探们自如转换。如果一个侦探不懂得多种语言的话，那么就有可能错过很多重要的信息，导致推理没有办法继续进行，甚至会走向错误的方向。

2. 坚定的自信以及非凡的领导才能。猫侦探达芬奇在探案过程中遇到过很多困难，但他从来没有被困难吓倒，始终坚信可以找出破绽，将案件查清楚。猫侦探充分发挥他的领导才能，根据每个小伙伴的能力特点分配任务，团队合作才能更好破案。

3. 学识渊博，懂发明创造。猫侦探是一位天才，在很多领域都有建树，比如他发明了草木生长剂、自动浇水壶、恢复记忆的烟雾等，这些都可以帮助达芬奇侦破案件。

读完这个故事，

你弄明白猫侦探是如何找到珍宝的了吗？

将寻宝过程写在下一页吧！